Le Nom de mon père

Juliette Elamine

Le Nom de mon père

Je dédie ce livre à mon père, Nasser, qui nous a transmis nos origines libanaises de mille façons depuis l'enfance et qui m'a inspiré ce récit avec les nombreux souvenirs de son histoire personnelle.

Préface

Bassam est né au Liban, un pays en proie à une guerre civile terrible, aux causes multiples : nationales, régionales et géopolitiques. Un pays régi par une institution et un système économique et social reposant sur le confessionnalisme. La présence de réfugiés palestiniens, suite à la création de l'État d'Israël en 1948, vient bouleverser un équilibre fragile.

En 1975, le Liban devient le théâtre d'une guerre fratricide opposant des Libanais, des communautés et des partis politiques, laissant le peuple face à un destin incertain.

En quinze années de guerre civile, ponctuées d'interventions étrangères, des alliances se font et se défont, rendant complexe et passionnante l'histoire du Liban.

En juillet 2006, un deuxième conflit éclate dans le pays. Trente-trois jours de guerre féroce avec Israël détruisent une partie du pays et ravivent les fantômes du passé, bousculant la vie de Bassam à tout jamais.

Nasser Elamine

Carte du Liban

Quelques grands repères historiques

22 novembre 1943 : déclaration de l'indépendance du Liban.

1948 : proclamation de l'État d'Israël et première guerre israélo-arabe.

13 avril 1975 : début de la guerre civile au Liban.

Juin 1976 : entrée de l'armée syrienne au Liban.

Mars 1978 : le Sud-Liban est envahi par l'armée israélienne.

Juin 1982 : début de l'occupation du Liban par Israël jusqu'à Beyrouth, la capitale.

Juin 1982 à décembre 1985 : invasion, occupation et retrait progressif et partiel des troupes israéliennes.

1990 : fin officielle de la guerre civile au Liban.

Mai 2000 : fin du retrait israélien du sud du Liban après vingt-deux années d'occupation.

Avril 2005 : début du retrait syrien du Liban après vingt-neuf années de présence.

12 juillet au 14 août 2006 : conflit israélo-libanais appelé « la guerre des trente-trois jours ».

Octobre 2019 : début des révolutions libanaises appelées « Thaoura ».

4 août 2020 : double explosion d'un stock de 2750 tonnes de nitrate d'ammonium dans le port de Beyrouth.

Chapitre 1

Cana al Galil, Sud-Liban, le 30 juillet 2006, par une belle nuit d'été

L'ennemi impitoyable n'a accordé aucun répit.

Un premier missile aérien a sifflé et frappé. Au cœur des étoiles, le second missile israélien a fendu l'air et s'est abattu lourdement sur un immeuble résidentiel. Le grondement, pourtant assourdissant, était inaudible de l'intérieur. Le sol a tremblé et s'est soulevé, des fissures ont craquelé les murs qui se sont déchirés, les vitres des fenêtres ont explosé en mille morceaux dans une pluie de verre. Éventrés, les quatre étages de l'immeuble ont cédé et se sont effondrés. Un épais nuage de poussière s'est formé et, dans le ciel, se sont élevées les arabesques d'une fumée grisâtre teintée des flammes rouge sang de la mort.

Les habitants profondément endormis ont été brutalement tirés du sommeil. Ils ont ressenti la déflagration dans chaque fibre de leur corps avec une violence inouïe. Ils ont été propulsés dans les airs comme des poupées de chiffon, leur colonne vertébrale pareille à une plume, leurs jambes semblables à du coton. Poussières insignifiantes dans le massacre, ils ont eu tout le temps de comprendre que l'enfer s'apprêtait à les engloutir. Ils se sont réveillés une dernière fois pour vivre des minutes d'apocalypse, avant de se rendormir à jamais. En une poignée de secondes, le village a été terrassé. Le calme est revenu et le ciel, plus noir, a retrouvé sa beauté et sa profondeur.

Cela fait désormais dix-huit jours que le conflit israélo-libanais secoue le pays, inscrivant dans son histoire la deuxième guerre du Liban. La première était une guerre civile complexe qui avait déchiré le pays pendant près de quinze ans, entre 1975 et 1990. Cet été 2006, comme une bombe à retardement, les conflits entre le Liban et Israël avaient conduit au pire. Le 12 juillet, suite à la capture de deux militaires ennemis à la frontière, deux pays retenaient leur souffle et des milliers d'habitants se préparaient à plonger à nouveau dans la terreur. La réplique israélienne avait été imparable, le Liban payait démesurément, dans un déferlement de violence et de sauvagerie, le prix d'une histoire ancienne et complexe et d'une situation géographique brûlante.

Le lendemain matin, Cana al Galil était à la une des médias nationaux du monde entier, suscitant l'horreur et l'indignation, et plongeant la population dans le deuil. Le bilan s'alourdissait d'heure en heure, avec, en boucle, insupportable, la liste des femmes, des enfants, des pères, des mères, des frères, des sœurs… Des civils. Uniquement des civils. Le « bouclier humain » du Hezbollah, disait-on, avait payé de sa vie cette nuit, beaucoup plus chèrement que les autres.

À une vingtaine de kilomètres de là, dans le centre-ville de Tyr, Bassam Al Jallil, dix-neuf ans, était réveillé par son cousin qui lui tendait les journaux. *An Nahar* et quelques autres qualifiaient de « crime de guerre » ce qui se révélerait être le massacre le plus violent de la guerre des trente-trois jours. La date était un funeste anniversaire, les fantômes de l'attaque de 1996 planaient sur Cana al Galil, village martyr. Partout, à Beyrouth, et notamment place des Martyrs, des manifestants envahissaient les rues pour crier leur indignation.

Pour Bassam, les images ne laissaient aucune place au doute, c'était l'immeuble de ses parents qui avait été touché.

Dans les jours qui suivirent, Bassam chercha péniblement ses parents et ses sœurs aux côtés de la Croix-Rouge libanaise. Pour un laps de temps, sa quête acharnée avait décuplé ses forces et l'avait empêché de s'écrouler. Mais à l'espoir succédèrent progressivement le désarroi et le désespoir. Puis, la réalité brutale et barbare avait fini par s'imposer. Les corps de Wajiha, sa mère, et de Rima et Zeina, ses deux jeunes sœurs, avaient été retrouvés avec le visage sévèrement mutilé. Bassam n'avait pu les identifier que par leurs vêtements et leurs bijoux. Après l'effroi, vint le soulagement de pouvoir enterrer ses morts dignement. Neuf corps seulement avaient pu être dégagés des décombres.

Quelques jours plus tard, un ambulancier permettait à Bassam d'identifier le corps de son père. Mort durant le trajet vers l'hôpital de Jabal Amel à Tyr, il avait survécu quelques heures à son épouse et à ses filles. Quelques heures durant lesquelles il avait prié Allah de veiller sur son fils aîné, avant que celui-ci ne le ramène enfin auprès des siens.

Tract largué par l'armée israélienne, juillet-août 2006

Aux habitants des villages situés au sud du Litani.

Les actes terroristes perpétrés contre l'État d'Israël à partir de vos villages et de vos foyers contraignent les forces de défense d'Israël à répondre immédiatement et à agir, y compris à l'intérieur des villages.

Pour votre sécurité !!!

Vous êtes priés d'évacuer immédiatement les villages et de gagner le nord du Litani.

Chapitre 2

Bretagne, Morbihan, sur la Côte sauvage, juillet-août 2006

Le soleil était au zénith, à peine voilé par quelques nuages un peu timides. Un tapis de sable scintillant se déroulait jusqu'à la mer, basse et lointaine. De hautes herbes dessinaient comme des chemins à travers le sable fin. Lorsqu'elle remonterait, la mer offrirait aux baigneurs des vagues de plus en plus attirantes, qui s'écraseraient contre les rochers et creuseraient davantage les falaises. D'ouest en est, la Côte sauvage dévoilait un paysage pittoresque et diversifié. Le spectacle était époustouflant.

À cette heure, la plage ne grouillait pas encore de vacanciers, familles fidèles à leur été breton, qui ne viendraient s'installer que plus tardivement dans l'après-midi, avec enfants et jeux de plage pour animer le paysage. Depuis une dizaine de jours, les journées étaient délicieuses, particulièrement chaudes et lumineuses avec juste ce qu'il fallait d'une brise rafraîchissante pour ne pas étouffer.

La glacière était pleine d'un pique-nique gourmand et, sous le parasol rayé blanc et bleu, les trois serviettes étaient alignées côte à côte sur le sable. Tout à droite, sur la plus ensablée, Camille savourait les premiers instants de la Bretagne retrouvée.

Camille était à l'aube de ses dix-huit ans. Toute jeune diplômée, elle venait d'obtenir son baccalauréat scientifique. Si elle l'avait décroché avec les honneurs, c'était au prix d'un travail sérieux et régulier, et au terme d'une longue année de restrictions et de concessions. Cet été, sa tête se viderait et accueillerait, avec insouciance, tous les joyeux plaisirs des vacances impatiemment attendues.

Camille était accompagnée de ses amies de toujours, les jumelles Marie et Pauline, Bretonnes pure souche. Coulant de source, la destination estivale avait été un choix facile et familier et, finalement, parer aux changements d'humeur du ciel breton avec une valise bien pensée s'était avéré être leur seule préoccupation.

À la rentrée de septembre, Camille entamerait un C.A.P. pâtisserie à Paris. C'était son rêve d'enfance, une passion qui profilerait bientôt sa vie d'adulte.

Ici, Camille connaissait par cœur les spécialités pâtissières bretonnes, pour les avoir largement dégustées durant son enfance. Les grands-parents maternels des jumelles étaient artisans boulangers-pâtissiers et régalaient les habitants de Saint-Cado toute l'année. Leur boutique était accueillante et rustique, et les filles y passaient de longs moments gourmands. C'est à cette période, sans aucun doute, que la curiosité et l'appétence de Camille s'étaient éveillées pour ne plus jamais disparaître. Jeff était le boulanger et Éliane la pâtissière. C'était surtout grâce à son fouet à pâtisserie et à ses conseils que Camille avait développé son amour pour cet art. Ce qui ne l'empêchait pas d'admirer le tour de main de Jeff, qui pétrissait le pain avec la même robustesse depuis toutes ces années.

Aujourd'hui plus âgée et aux portes de son propre ouvrage, Camille imaginait déjà les déclinaisons inventives du blé noir qu'elle pourrait créer.

En tout cas, son premier plaisir des vacances serait d'entraîner son palais à cet art délicat qu'elle aimait tant. Elle comptait bien pâtisser autant qu'elle le pourrait cet été.

Côté plaisirs, la liste serait longue. Son corps goûterait aux variations de température de l'eau et prendrait les vagues douces ou plus turbulentes. Sa peau bronzerait des heures au soleil et atteindrait une jolie teinte dorée. Ses pieds fouleraient les sentiers de randonnées, en montées et descentes, dessinés ou plus cachés, sacrés comme celui menant à Compostelle, pluvieux, boueux ou ensoleillés, en courant ou en marchant. Elle serait tout en sourires et pleine d'énergie ou, au contraire, dans le défi de s'aventurer du côté des plus difficiles à emprunter.

Autant d'émotions que pourraient en vivre un corps et un esprit reposés et détendus.

Les journées s'étiraient, l'avenir se dessinait paisiblement, aussi vaste et beau que l'Atlantique qui l'accueillait pour l'été entier. La vie était belle.

Chapitre 3

Naples, juin 2012

L'établissement *Notte Azzura* était silencieux. Les hôtes de diverses nationalités avaient marché des kilomètres toute la journée à travers Naples, enjoués et émerveillés par la découverte de la ville italienne.

En prenant l'escalier de pierre de taille et en déverrouillant la lourde porte de bois du quatrième étage, il fallait être silencieux au risque de réveiller tout l'immeuble. Bassam avait pris l'habitude de rentrer discrètement après son travail. Il était tard et ses bras étaient courbaturés. Même avec l'habitude, son métier demandait un effort physique soutenu. Mais il l'appréciait sincèrement et était reconnaissant de pouvoir l'exercer quotidiennement et d'en vivre.

Il y avait six années de cela, à Tyr, Assem Al Jallil secourut, soutint et prit soin de son cousin, qui subissait la plus épouvantable épreuve de sa vie. Bassam traversait alors l'enfer d'une guerre meurtrière et sans pitié. À l'horreur s'ajoutait la détresse, et Bassam se battit pour garder force et dignité, tandis que son corps le lâchait, que ses yeux étaient secs de larmes qui ne coulaient plus, et que, terrassé par la douleur, son esprit ne souhaitait que rejoindre le ciel et les siens. Assem fut présent et veilla, consola et épaula inconditionnellement son cousin.

À la fin de la guerre, quelques semaines à peine après le massacre de Cana al Galil, Assem et son frère Hicham décidèrent de rassembler les affaires de l'appartement de Tyr. Depuis le mois de juin, les cousins tentaient de profiter autant que possible, dans ce climat morbide qui enveloppait le pays, de cet été meurtrier, chez un ami résidant dans le centre-ville. Il était désormais temps de partir.

Tous les trois rentrèrent à Beyrouth, où Assem vivait avec sa mère. Hicham logeait dans le même immeuble, quelques étages au-dessus, avec sa famille. Mettant de côté leur propre douleur, ils essayèrent d'offrir à Bassam la sécurité d'un foyer rassurant. Leur famille était très aisée : leur mère, Rabab, avait hérité de la fortune de son défunt mari, un éminent businessman dans le secteur bancaire de Beyrouth.

Cet été 2006, endeuillés et affaiblis, les membres restants de la famille Al Jallil se soudèrent et tentèrent de rassembler autour du benjamin tout l'amour et toute la tendresse dont ils étaient capables.

Bassam, ainsi entouré, essaya de survivre au drame qui avait anéanti sa famille. Il luttait en permanence contre une tempête d'émotions contradictoires, déroutantes et psychiquement harassantes. Son cœur vide pouvait se retrouver, l'instant d'après, profondément ravagé par la peine et le désespoir, prêt à exploser de douleur dans sa poitrine. Il ressentait parfois le désir ardent de vivre ou, au contraire, celui de disparaître. Bassam était irréversiblement marqué par l'absence des siens. Comment survivre à ceux que l'on avait aimés toute sa vie, quand on n'avait plus rien et qu'ils avaient été tout…

Et puis, petit à petit, la vie recommença timidement à saupoudrer sur lui un semblant d'optimisme, de lumière et de douceur.

Mais, tout le temps où il tenta de survivre, à Beyrouth ou n'importe où ailleurs au Liban, il ne se sentit pas en paix. Adossé à la montagne, face à la Méditerranée, perdu dans les campagnes ou au sein de la capitale, le jeune homme ne trouva pas la sérénité nécessaire à sa reconstruction.

Les quartiers, les rues, les odeurs, les saveurs, les accents, les monuments ou même les lieux les plus insignifiants le ramenaient sans cesse à ses fantômes douloureux. Alors qu'il ne souhaitait conserver que des souvenirs apaisés, l'absence dans toute sa violence et sa brutalité ne cessait de le torturer et de le consumer. Le temps devait faire son œuvre…

C'est ainsi que, deux étés après la tragédie de 2006, Bassam prit la douloureuse mais indispensable décision de quitter le Liban. Il était alors âgé de vingt et un ans.

Chaque émigré sait combien le passage à l'acte est difficile et chacun est familier des sentiments contradictoires que cela engendre. La culpabilité, l'appréhension voire la peur. Le plus terrible d'entre eux étant le manque : le manque du pays, la terre mère, celui des proches ainsi que la nostalgie d'un temps révolu. Sans compter la peine lorsqu'il s'agit d'une émigration forcée. A contrario, une forme d'ambivalence rétablit la balance, issue probablement de l'espoir de trouver quelque part une vie meilleure et de l'excitation de partir à la découverte d'une terre inconnue.

Mais ces questionnements étaient loin de Bassam à ce moment de sa vie. Son cœur pleurait sa patrie, sa terre et ses racines. Il prenait un tournant dans son histoire. Il renonçait à tant de choses précieuses qui avaient construit sa vie et avaient forgé l'homme qu'il était devenu. Une existence heureuse et équilibrée auprès de son père, de sa mère et de ses deux petites sœurs qu'il aimait tant.

S'il voulait survivre à tout ce qu'il avait perdu, il était impératif que Bassam quitte le Liban.

À Naples, il fut chaleureusement accueilli par Ghassan, un parent éloigné de sa tante Rabab. Un petit homme très sec, pourvu d'une moustache touffue et précautionneusement taillée chaque matin. Un fervent adepte des sandales Birkenstock, qui chaussaient ses pieds par tous les temps.

Tante Rabab avait insisté pour que Bassam rejoigne l'Italie et soit hébergé par une connaissance de sa famille. Elle était sa tante maternelle, et comme Wajiha l'aurait fait pour ses deux fils, elle veilla sur son neveu. Tante Rabab lui répéta que Naples était une bonne destination et qu'elle pouvait ainsi le laisser partir en étant rassurée de le savoir dans la famille, tout juste de l'autre côté du bassin méditerranéen.

Ghassan avait épousé une Napolitaine, Livia. Une Italienne brune aux yeux verts, taille mannequin, sublime et convoitée par la moitié des hommes du quartier. Elle faisait la fierté de son petit mari, très quelconque comparé à sa beauté tapageuse. Ensemble, ils avaient eu un fils, Gianmarco, à peine plus âgé que Bassam. Gianmarco était la définition même de la classe à l'italienne, le goût des Birkenstock hérité de son père en plus. Le couple était propriétaire du Bed & Breakfast *Notte Azzura*, situé en plein centre historique de Naples ; quelques chambres élégantes au cœur d'un bâtiment peu engageant si l'on ne se fiait qu'à l'extérieur, mais typique et surprenant une fois la porte cochère franchie.

Gianmarco étudiait les langues mais, l'été, aidait comme serveur dans une pizzeria populaire, *Via dei Tribunali*. Cela lui permettait de gâter sa fiancée et de l'emmener sur la côte sorrentine le week-end. Par chance, cet été-là, la *Pizzeria Giulia* était à la recherche d'un pizzaïolo. Les bonnes relations avec Gianmarco, le bagou libanais et la générosité italienne mêlés, Bassam fut engagé et même formé directement par Michele, le patron. Un « vieillard fossilisé derrière sa caisse », comme le qualifiait Gianmarco, mais « redoutable, méfie-toi », disait-il, la bouche pleine de la *mozzarella di bufala* qu'il avait la fâcheuse habitude de grignoter dans les cuisines, ce qui lui valait la colère régulière du vieux Michele.

Et c'est ainsi que, depuis quatre ans, Bassam vivait au pied du Vésuve, dans une chambre aménagée au-dessus du Bed & Breakfast et de l'appartement de Ghassan et Livia. Un visa de travail italien en poche pour démarrer, un salaire modeste, mais suffisant et la Méditerranée comme repère familier, il essayait de regarder enfin devant lui avec sérénité.

Chapitre 4

À Naples, Bassam pouvait aisément se fondre parmi la population locale. Avec son teint basané, ses cheveux épais, noirs et bouclés, et ses grands yeux noirs aux longs cils, il passait pour un Napolitain sans difficulté. Peut-être était-il seulement plus grand que la moyenne des Méditerranéens. Il tenait sa taille de son père et de son grand-père avant lui. Tous les deux joueurs de basket-ball, entraînés au sport depuis très jeunes, ils avaient le corps musclé et élancé, ce qui n'était pas banal pour des Orientaux, plutôt petits avec un peu d'embonpoint. En revanche, quand Bassam parlait, son accent libanais chantant et roulant le trahissait aussitôt.

Au Liban, les écoliers apprenaient le français et l'anglais dès les petites classes, presque en même temps que leur langue maternelle. Mais bien sûr, l'italien n'y était pas enseigné, le napolitain encore moins. Syntaxiquement et lexicalement complexe, très vivant, familier et indomptable, c'était un idiome cher à sa région d'adoption. Bassam avait bien été obligé de passer par cet apprentissage, mais pas avec des cours ou des livres. Il avait été pris en main par la mère de Livia. Cultivée et dynamique, cette enfant du pays s'était proposé de lui enseigner le dialecte tel qu'il l'aurait appris s'il avait grandi dans la ville. Pour elle, cela supposait des bains de langage : discussions au café, lectures, visionnages de films, d'émissions politiques ou d'informations, bulletins météo, matchs de foot… tout était bon pour son apprentissage. Bassam avait écouté, parlé, débattu, ri et même fini par penser et rêver en napolitain. Après quelques années, il était fier de ce bagage linguistique acquis sur le tard, mais suffisant pour le quotidien. La tâche n'avait pas été aisée, mais elle l'avait intéressé, et la pédagogie usée par la Mamma avait été un plaisir.

Il travaillait à la pizzeria le soir, dormait une bonne partie de la matinée et sortait généralement en fin d'après-midi aux heures les moins chaudes, à la découverte de sa nouvelle ville et de sa patrie d'adoption. Il se sentait chez lui et attachait de l'importance à la découverte approfondie de son pays d'accueil. Il avait trouvé en Ghassan, Livia et Gianmarco, une famille simple, généreuse et affectueuse. Livia était elle-même issue d'une famille nombreuse, éparpillée un peu partout en Italie. Touchée par son histoire, elle l'avait adopté immédiatement. Cela lui permettait de se sentir entouré et heureux à Naples.

*

C'était le 1ᵉʳ juillet 2012 et, ce soir-là, Bassam prenait son service plus tôt que d'habitude. Ils n'étaient que deux pizzaïolos au restaurant pour la soirée. Or, c'était un dimanche, soir de finale de l'Euro. La pizzeria ferait salle comble. L'affiche était bouillante : Espagne-Italie. Les champions du monde en titre, face à une Squadra

Azzurra affamée de victoire et de gloire pour son pays. Faisant partie du même groupe depuis le début de la compétition, les équipes se talonnaient et leur duel, s'il advenait, prenait l'allure d'une bataille existentielle depuis le début du tournoi. Les supporters en effervescence trépignaient d'impatience et le stress s'intensifiait d'heure en heure.

En effet, le restaurant était déjà bondé bien avant l'annonce de la composition des équipes. Les places, assises ou debout, pouvaient même déborder un peu sur la chaussée. Naples était en ébullition et les rues grouillaient de monde. Le service était assuré avec sérieux, bien sûr, mais au rythme du match quand même. Bassam et son collègue Adriano sortaient parfois en trombe des cuisines aux temps forts du jeu, lorsqu'ils entendaient les supporters rugir, les mains et les bras pleins de farine, pour ne manquer aucune image. Puis, déconfits, ils retournaient façonner leurs pizzas.

Malheureusement, la fête n'était pas au rendez-vous. Menés 2-0 à la mi-temps, les Italiens étaient impuissants face au gardien espagnol, Iker Casillas, dernier rempart infranchissable qui stoppait net chaque tir. Les joueurs italiens ne parvenaient pas à réduire l'écart. En plein match, déjà moralement affaiblis, ils se voyaient renoncer à l'un de leurs joueurs pour cause de blessure, les trois remplacements ayant été déjà effectués par l'entraîneur. Ils perdirent finalement, au terme d'un match difficile, avec deux buts de plus encaissés dans la cage de leur grand gardien, Gianluigi Buffon, pourtant connu pour être le meilleur au monde.

Le désespoir se lisait sur les visages. Si la défaite n'avait pas impacté le débit des pizzas, elle avait immanquablement affecté le moral des Napolitains. Sitôt le match terminé, le patron éteignit les écrans de télévision et les clients rentrèrent chez eux.

Bassam était déçu par la défaite italienne. Dans ces moments de grandes compétitions sportives, et dans le football en particulier, les mouvements de liesse populaire étaient rassembleurs. Il avait découvert et ressenti cela dès le début de cet Euro 2012. Cette ambiance lui plaisait.

C'était la première fois que son pays vivait un événement semblable. Ou plutôt, c'était la première fois que Bassam vivait cela dans un pays qui était en train de devenir le sien. Plus l'Italie avançait dans la compétition, plus les tifosi, les supporters italiens, devenaient fraternels et chaleureux.

Bassam vivait de l'intérieur les poignées de mains, les accolades, les danses de joie et les « *salute !* », un verre à la main. Il semblait intensément touché par la grande famille solidaire et joyeuse que formaient les supporters italiens.

La Via dei Tribunali ne se trouvait pas très loin du Bed & Breakfast *Notte Azzurra*, et Bassam rentra à pied à la maison. En y passant, il constata que même la Piazza del Gesù, d'ordinaire animée par la dynamique jeunesse napolitaine, était éteinte ce soir. Naples et l'Italie s'endormaient penaudes et désœuvrées.

Le lendemain matin, il se réveilla très tôt, juste quelques minutes après le lever du soleil, déjà bien chaud. Il prépara son *caffè* à l'italienne, dans la petite cafetière offerte par Livia. Un café court et intense, dans lequel il ajoutait de la cardamome. Les goûts et les odeurs de cette recette libanaise le ramenèrent instantanément dans la cuisine de sa mère. Wajiha préparait le sien dans la *rakwé*, une petite cafetière en argent pourvue d'un long manche et qui rendait si intenses et savoureux ses arômes. Habituellement, l'odeur envahissait la pièce et appelait à la convivialité. Elle le servait aux invités, voisins, amis ou famille, ou juste à son mari avant qu'il ne parte au travail. Le service se faisait toujours sur un plateau d'argent finement sculpté, accompagné d'une corbeille de fruits, d'un assortiment de baklavas à l'heure du goûter ou de *knéfé bel jebné* au petit déjeuner. Bassam adorait celui que sa mère préparait : du fromage au lait de vache, fondu entre deux couches de *kataïfs*, des cheveux d'ange, ou de semoule fine. Le tout était généreusement arrosé d'un sirop à la fleur d'oranger et pouvait être servi garni de pistaches dans un pain au sésame.

Le café était un moment important, une institution pour les Libanais. Et chez Bassam, une tradition s'ajoutait à la tradition. Chaque fois que Wajiha servait son mari avant qu'il ne se rende au travail, il entonnait, avec un accent aux « r » roulants terriblement drôles, le refrain de Bob Dylan : « *One more cup of coffee before I go…* » Et elle riait fidèlement aux plaisanteries de son époux.

Bassam parvenait à se souvenir de ces moments avec nostalgie.

À Naples, le Libanais avait trouvé ses petites habitudes. Les jours de repos, le petit déjeuner était un moment qu'il affectionnait. Il sortait de chez lui avec une adresse en tête. Il aimait se promener dans la ville encore endormie. Ce matin, il la traversa en passant par les étroites ruelles du centre historique, charmantes et chargées d'histoire. Il aimait s'arrêter dans les églises silencieuses et majestueuses pour admirer leurs décors et observer les fidèles en pleine prière. Selon lui, il se dégageait de leur piété une rare beauté.

Les échoppes touristiques n'étaient pas encore ouvertes, il fallait patienter quelques heures avant de voir les passants farfouiller dans les étalages. Les camions de livraison achalandaient les primeurs, les épiciers et les traiteurs. Les rues sentaient bon la mozzarella ou le basilic. Devant leurs habitations, les grands-mères discutaient avec le voisinage, accrochaient leur linge aux cordes suspendues, ou observaient simplement le quotidien très vivant de leurs ruelles. Leur sauce tomate devait déjà être sur le feu, leur odeur chatouillait les narines.

Bassam était prudent, car les Vespas jaillissaient dangereusement de toutes parts, de gauche ou de droite, en sens interdit, avec deux voire trois adolescents entassés dessus. D'une certaine manière, cela lui rappelait les serpents qui grouillaient et ondulaient dans les terres du Sud-Liban. Attirés par le soleil abondant, ils sortaient de sous les bâtiments, se faufilaient entre les hautes herbes, et bondissaient même au-dessus des racines des arbres. Le spectacle était saisissant. Enfant, Bassam en avait eu très peur.

Tout au long de sa promenade, le soleil poursuivit son ascension dans le ciel, lui faisant des clins d'œil entre les immeubles. C'était un beau moment de la journée, dont il profitait particulièrement.

Face à la gare, il marcha encore un peu et tourna finalement dans une petite ruelle sur la gauche pour arriver devant la *pasticceria*. Ces Italiens réalisaient la meilleure *sfogliatella* de tout Naples : une pâte feuilletée dorée et craquante, garnie d'une crème à la ricotta au parfum de fleur d'oranger contenant des morceaux de fruits confits. Quelques habitués formaient déjà une file d'attente, et deux groupes de touristes, le nez sur leur guide, vérifiaient qu'ils étaient à la bonne adresse. L'établissement ne payait pas de mine.

Il commanda sa *sfogliatella*, échangea quelques banalités avec le patron, évitant soigneusement le sujet de la défaite italienne de la veille, et sortit.

Il flâna une bonne partie de la matinée. Vers treize heures, il eut envie de prendre un *aperitivo* sur une terrasse du Lungomare, la promenade du bord de mer. Il commanda un Spritz bien frais et s'assit confortablement sur un fauteuil en rotin, face au Vésuve et à la Méditerranée. Touristes ou habitués, comment résister au charme de Naples vue sous cet angle ? Il allongea ses longues jambes et posa ses pieds sur une jardinière. Le soleil était brûlant, mais un vent puissant rafraîchissait la côte. Au loin, la mer semblait agitée.

Soudain, l'un des grands parasols noirs du restaurant, sans doute mal imbriqué dans son socle, se renversa bruyamment sur la table juste à côté de celle de Bassam, provoquant son écroulement. Les jeunes filles qui l'occupaient poussèrent des cris de surprise. Le parasol acheva sa chute en plein sur son Spritz, projetant des gouttes du liquide orange fluo sur son tee-shirt.

Les serveurs mortifiés accoururent pour redresser le coupable et s'assurer qu'aucun client n'avait été blessé dans l'accident. Heureusement, il y avait eu plus de peur que de mal pour les jeunes filles. Si elles avaient été impressionnées par ce grand parasol et son ombre qui s'étaient abattus sur elles, rapidement, leur peur se transforma en fou rire incontrôlable. L'une d'elles était tombée de sa chaise et son coca s'était intégralement renversé sur son short blanc. Pourtant, ses épaules se secouaient de rire sous sa tignasse blonde et frisée tout en bazar, qui lui cachait le visage. Le spectacle était franchement hilarant, et son amie, loin de l'aider à se relever, captura l'instant en photo.

Bassam aida le personnel à redresser les tables rondes et tendit la main à la jeune fille blonde qui était au sol pour l'aider à se relever. Ensuite, il ramassa les affaires tombées du sac à main de la seconde et qui s'étaient éparpillées sur le pavé. Tandis que les serveurs remplaçaient leur boisson perdue, les deux amies le remercièrent.

— Merci beaucoup, *grazie mille* ! répétèrent-elles en se rasseyant sur leurs fauteuils.

Et puis, la jeune blonde chuchota discrètement quelque chose en français à son amie. Alors, Camille tourna la tête et reconnut effectivement le charmant pizzaïolo qui travaillait hier soir à la *Pizzeria Giulia,* où elles avaient dîné.

Chapitre 5

Bassam s'amusa de voir les filles chercher et construire maladroitement leur question en italien :

– *Sei il pizzaïolo,* Pizzeria Giulia *?*

Il se délecta d'autant plus de les surprendre en leur répondant dans un français parfait. Sidérées, les deux amies sourirent et lui proposèrent de rapprocher leurs tables. Tous les trois entamèrent alors une plaisante discussion.

Bien sûr, des pizzas qu'elles avaient commandées la veille, les filles gardaient un délicieux souvenir et Bassam reçut une pluie de compliments sur son tour de main. Ils évoquèrent également le match perdu par l'Italie et Camille, fine amatrice de football, avoua qu'elle comptait parmi le grand nombre de supporters déçus qui avaient perdu leur pari en misant sur l'Italie.

Si Pauline était la plus bavarde des deux et que Bassam la trouva intéressante et distrayante, il n'avait d'yeux que pour son amie. Sa peau dorée, ses grands yeux de biche et son sourire le charmaient terriblement. Elle jouait avec ses longs cheveux bruns aux reflets mordorés, déplaçant une cascade de boucles d'une épaule à l'autre. Sans doute lui tenaient-ils trop chaud.

Elle s'appelait donc Camille. Quand il la regardait et l'écoutait, il se sentait subjugué et ne parvenait à la quitter des yeux. Elle s'en était sûrement aperçue, car elle souriait timidement et baissait légèrement la tête lorsque leurs regards se croisaient. Et si elle n'avait pas eu les joues si bronzées, il aurait même vu qu'elle rougissait.

Les filles le questionnèrent naturellement sur son accent si charmant et son français impeccable pour un Italien. C'est comme cela qu'elles prirent connaissance de ses origines libanaises et de son arrivée en Italie, environ quatre ans auparavant. Il ne confia pas les causes relatives à son émigration et se présenta comme un jeune Libanais en quête de voyage, tombé sous le charme de l'Italie. Cette version lui semblait satisfaisante dans un premier temps.

Les deux amies racontèrent elles-mêmes un peu de leur histoire personnelle. Elles auraient dû être trois pour ce voyage préparé de longue date. Mais Marie, la sœur jumelle de Pauline, était tombée enceinte entre-temps. Malheureusement, le premier trimestre de sa grossesse avait été particulièrement éprouvant et voyager lui avait été vivement déconseillé. À regret, elle avait annulé sa participation, mais guettait les nouvelles de ses copines depuis Paris, aux côtés de son fiancé.

Pauline et Camille arrivaient des Cinque Terre, une région pittoresque du Nord de l'Italie. Durant une semaine entière, elles avaient effectué des randonnées sur les célèbres sentiers qui menaient d'un village magnifique à un autre plus époustouflant encore.

Bassam put enrichir leur récit de voyage par sa propre expérience. Lui-même avait visité les Cinque Terre au printemps précédent, accompagné de Gianmarco et de ses cousins romains. Tous les trois avaient séjourné dans le village central nommé Corniglia, selon eux le plus pittoresque des cinq. Sa position de numéro trois était idéale, elle rendait facile l'accès aux villages de part et d'autre. Traversé par la vivante et escarpée Via Fieschi, Corniglia offrait aux touristes un petit nombre d'adresses locales de qualité pour se restaurer et faire des emplettes.

Il découvrit que les filles et lui avaient partagé la même table, dans la cantine réputée du village, à quelques mois d'intervalle.

Tous gardaient un souvenir très vivace des volées interminables de marches qu'il était nécessaire de gravir patiemment pour rejoindre chacun des sentiers de randonnée qui sillonnaient les montagnes.

Les deux amies avaient visiblement placé leurs vacances sous le signe du sport. Elles étaient arrivées à Naples la veille et leur programme du lendemain était étourdissant. Elles avaient prévu de grimper jusqu'au cratère du Vésuve et, au retour, de s'arrêter à Pompéi pour en visiter les célèbres sites historiques.

Bassam les questionna et constata qu'elles étaient effectivement largement préparées. L'itinéraire était balisé, elles étaient équipées de chaussures de trail, de sacs à dos avec poches à bouteilles d'eau intégrées, de barres protéinées, de leur appareil photo et GPS rechargés. Elles se lèveraient à l'aube pour espérer arriver au sommet vers dix heures, avant les grosses chaleurs. Le début du périple serait facile : de la gare de Naples, elles devaient prendre la ligne Circumvesuviana jusqu'à Ercolano. À partir de là, environ vingt-cinq kilomètres les attendraient sur la route sinueuse menant au sommet.

Face à tant d'organisation touristique, il ne put finalement que leur conseiller de venir manger à la *Pizzeria Giulia* le soir même, afin de prendre des forces pour le lendemain. Mais même sans cela, Camille aurait soufflé l'idée à Pauline.

C'est ainsi que, vers dix-huit heures, en prenant son service avant l'ouverture de dix-neuf heures, Bassam comprit qu'une euphorie inhabituelle commençait à le gagner.

Il portait le tee-shirt blanc marqué du logo *Pizzeria Giulia* sur la poitrine, sur un vieux jean clair et délavé. Son tablier était noué à sa taille. Il n'était pas vraiment élégant, alors, pour se sentir séduisant, il misa sur une goutte de parfum dans le cou.

Bien sûr, lui n'assurait pas le service en salle, alors au mieux aurait-il un aperçu par l'ouverture arrondie, en forme de four à pizza, qui permettait de transférer les assiettes des cuisines à la salle du restaurant. Par chance, Camille et Pauline s'installèrent dans son champ de vision, pas parfaitement visibles pour lui, mais suffisamment pour qu'il décrète en parfaite objectivité que Camille était décidément belle à se damner.

Chapitre 6

Assise en tailleur devant sa valise ouverte depuis une bonne vingtaine de minutes, Camille hésitait péniblement, tiraillée entre des futilités. La combinaison noire mettrait en valeur son bronzage. Elle savait que la robe rouge lui siérait divinement. Mais la robe longue fleurie, portée sous ses longues boucles, lui donnerait cet air bohème…

Si elle s'était attendue à ça… !

Bien sûr, elle avait entendu parler du coup de foudre. « Manifestation subite de l'amour à la première rencontre », enseignait Le Robert.

Camille était dubitative, cela lui semblait sinon ridicule, très romancé. De plus, d'après ce qu'elle s'en figurait, cela devait plutôt ressembler à une attaque violente de sentiments d'amour, de désir et de séduction, qui vous tombaient dessus sans prévenir. Elle, ce qui lui était tombé dessus, c'était un immense parasol noir ! Et depuis, elle ressentait cette enivrante sensation d'euphorie et une certaine niaiserie qu'elle ne se connaissait pas.

Et puis, il y avait ces yeux noirs, profonds et mystérieux, qui ne quittaient plus son esprit…

Chapitre 7

Camille et Pauline passèrent une très bonne soirée à la pizzeria. Elles commandèrent toutes les deux une *bufalina*, une pizza aux couleurs de l'Italie. Le vert du *basilico*, le blanc de la *mozzarella di bufala* et le rouge des *pomodori*. Elles se régalèrent et s'amusèrent à demander à féliciter le chef. Bassam se prêta volontiers au jeu et reçut les compliments en italien et en français.

– *E delizioso !* C'était succulent ! acclamèrent-elles joyeusement. *Bravissimo !*

Par chance, ce soir, il n'assurait pas la fermeture de la pizzeria. Il proposa aux amies de flâner un peu dans les rues de Naples. L'écrasante chaleur de la journée nettement atténuée, la promenade se révéla charmante. Il leur offrit une glace à l'italienne, *un gelato basilico e nocciola*, aux couleurs vives et aux arômes délicieux. L'instant partagé comme le dessert étaient savoureux.

Ils marchèrent ainsi un long moment. Leurs pas les menèrent jusqu'à la Piazza del Plebiscito, devant le Palais Royal. Puis, ils redescendirent le long de Lungomarc. Bassam et Camille avançaient côte à côte.

Leur conversation était fluide, les sujets captivants, et le temps fila sans qu'ils ne le voient.

La nuit était tombée et, au loin, on ne pouvait plus distinguer que l'ombre majestueuse du Vésuve. Bassam se proposa de raccompagner les jeunes femmes jusqu'à leur hébergement, Via Pasquale Scura. Elles étaient logées chez l'habitant, dans un vaste appartement typiquement napolitain. Bassam n'était plus très loin de chez lui et le détour fut un plaisir. Il leur souhaita une *buona notte* avec son accent décidément très craquant, et une belle journée d'aventures pour le lendemain. Il espérait que les filles se montreraient à la pizzeria le soir suivant. Mais il savait bien qu'avec l'effort physique qu'elles s'apprêtaient à demander à leur corps, elles seraient sans doute à bout de forces une fois rentrées.

Il avait bien pressenti les choses. Pauline et Camille ne se trouvèrent pas parmi la clientèle de la pizzeria le soir suivant. Et la soirée lui sembla bien fade comparée à celle de la veille.

Quels curieux sentiments… Voilà qu'une fille, hier encore inconnue, obsédait ses pensées. Camille… Il prononça son prénom à haute voix, comme pour le rendre bien réel. À la simple idée de la revoir peut-être, son cœur bondissait dans sa poitrine. Lui aussi aurait aimé la repérer le soir de la finale de football, pour compter une image de plus d'elle dans son esprit.

Il avait eu une histoire d'amour avec une Napolitaine, Agata, quelque temps auparavant, rencontrée par le biais de Gianmarco au cours d'une soirée étudiante dans sa faculté. Ils avaient tout de suite accroché. Elle étudiait les langues étrangères, comme Gianmarco, et c'était un domaine qui intéressait beaucoup Bassam. Agata parlait très bien le français et avait été surprise que lui en ait une bonne maîtrise également. Son italien pouvait parfois être maladroit et elle n'avait jamais soupçonné qu'il était trilingue.

Leur aventure avait duré quelques jolis mois. Tous les deux s'étaient découvert de nombreux points communs et passaient d'agréables moments ensemble. Mais, même si rien ne clochait véritablement dans leur relation, Bassam s'était aperçu que, de son côté, les sentiments restaient superficiels. Il ressentait de la tendresse pour Agata, mais ne parvenait pas à être à la hauteur de ce qu'elle lui témoignait. Il avait le cœur en hiver, glacé. Un peu comme s'il n'y avait plus de place pour accueillir quiconque, parce qu'il ne savait plus tellement ce qu'était l'amour. La peine l'avait trop violenté. Comme si, cette nuit d'été 2006, d'une certaine façon, son cœur s'était brusquement arrêté.

Bassam se souvenait que les deux amies devaient prendre le train en fin de journée, le quatrième jour, pour rejoindre Rome. Il ne savait pas exactement à quelle heure, mais en fermant la pizzeria, il nourrissait bien peu d'espoir et regrettait de ne pas revoir Camille une dernière fois.

Le lendemain matin, après une grasse matinée réparatrice, Camille et Pauline profitèrent de leur dernier jour à Naples. Elles voulaient flâner et alourdir leurs bagages de quelques souvenirs.

Camille visita deux ou trois boutiques dédiées au football. Elle souhaitait ardemment compléter sa collection, un maillot par ville, en acquérant le maillot officiel (ou officieux, selon les tarifs) du SSC Napoli, saison 2012-2013. Elle choisit le numéro 7 de Cavani, le redoutable attaquant de l'équipe, qui régalait ses supporters depuis son arrivée au club. Elle ignorait à ce moment-là que, à peine une année plus tard, à la fin de la saison, El Matador serait sacré meilleur buteur du championnat italien, avec le Napoli. La jeune femme se féliciterait d'avoir opté pour ce choix et, finalement, sa longue hésitation devant le stand n'aurait pas été vaine, malgré l'agacement manifeste de Pauline. Sa collection était précieuse.

Pauline était intriguée par cette passion de Camille pour un sport essentiellement masculin. Certes, elle-même aimait les grandes compétitions et les regardait volontiers pour profiter de l'ambiance, mais tout de même, collectionner les maillots des joueurs la dépassait largement. Elle, sa passion, c'était la danse classique. Pauline était une ballerine gracieuse et élégante. De petite taille, fine mais excessivement musclée, elle incarnait la définition même de la grâce.

Ses cheveux dorés et bouclés descendaient jusqu'au bas de son dos, mais elle les nouait le plus souvent en un gros chignon sur le haut de sa tête. Cela dégageait son grand front et son nez en trompette, et mettait en valeur ses petits yeux noisette pétillants, hérités de sa grand-mère. Elle achevait de séduire les hommes lorsqu'elle souriait, ses jolies lèvres pulpeuses dévoilant des dents blanches alignées et des fossettes dans le creux de ses joues. Avec sa jumelle Marie, les sœurs se vantaient de leur petit succès et s'en amusaient beaucoup.

Aussi gourmandes l'une que l'autre, Camille et Pauline firent leurs provisions de *pomodorini secchi*, de *pasta* de toutes formes et de tous coloris, de mozzarella et de *scamorza affumicata*.

De son côté, Camille chercha longuement un livre de recettes de pâtisserie italienne écrit en français. Elle avait découvert la célèbre *sfogliatella* et voulait se lancer le défi de la réaliser elle-même. Faute de mieux, elle s'était rabattue sur un livre volumineux écrit en italien qui proposait des recettes salées et sucrées.

Camille avait facilement obtenu son C.A.P. Pâtisserie à Paris. Elle avait travaillé avec application chacune des recettes imposées, des viennoiseries jusqu'aux desserts plus complexes. Ces deux dernières années, elle avait même fait prendre à son entourage, friand de ses desserts, quelques kilos sucrés. Chaque voyage revêtait pour elle une importante dimension gastronomique.

Diplômée, elle avait souhaité poursuivre son apprentissage, se perfectionner et mener plus loin son art. Elle ajoutait fièrement le C.A.P. chocolaterie-confiserie à la liste de ses talents. Depuis, elle avait trouvé une place convenable, grâce au réseau de son école et se plaisait beaucoup dans la pâtisserie parisienne qui l'avait embauchée. C'était un petit établissement réputé de l'est de la capitale dont le décor d'époque et les rayonnages achalandés attiraient les passants occasionnels ou les clients plus habitués. Rapidement, et parce qu'elle avait fait ses preuves, le chef lui avait confié la tête de la brigade. Elle s'occupait de trois commis et, à eux quatre, ils formaient une équipe dynamique, appliquée et travailleuse.

Elle avait également la chance de pouvoir créer ses propres desserts sous la supervision et le palais redoutable de son mentor. En effet, chaque trimestre, elle devait revisiter une pâtisserie classique en y apportant « la saveur choc quand on croque », comme il le lui disait. La pâtisserie ainsi retravaillée, si elle plaisait au chef, était vendue en boutique pendant trois semaines et signée de la main de Camille.

Autant dire qu'elle avait affûté son palais aux saveurs italiennes pour le surprendre à son retour.

Après une jolie matinée à la recherche de souvenirs, les filles décidèrent de manger sur le pouce, dans le parc de la Villa Comunale, près du quartier du Chaia. Elles passèrent au marché pour y trouver les meilleurs produits locaux et s'installèrent à l'ombre d'un grand arbre, sur l'herbe. Elles avaient opté pour des tomates fraîches, une *focaccia* et des billes de mozzarella. Un pique-nique frais et gourmand. Elles restèrent un moment à se prélasser et somnolèrent même un petit peu. La journée sportive de la veille leur avait certes laissé des images sublimes et impérissables en tête, mais aussi des jambes en coton.

En fin d'après-midi, elles rentrèrent boucler leurs sacs à dos et remettre les clés à leur hôte. Elles avaient prévu de se montrer à la *Pizzeria Giulia* à dix-neuf heures tapantes. Elles commanderaient deux pizzas à emporter cette fois, et mangeraient dans le train de vingt et une heures, direction Rome. Bien sûr, l'objectif était de réussir à saluer le charmant pizzaïolo avant leur départ.

Quelle ne fut pas la joie dans le cœur de Bassam, quand sa collègue Gina vint lui chuchoter à l'oreille que deux Françaises le réclamaient en salle ! Une avalanche émotionnelle secoua son cœur lorsqu'il aperçut le sourire de Camille. Lui qui pensait ne plus la revoir…

Ce soir-là, les deux *calzones* commandées furent les meilleures jamais confectionnées par Bassam dans sa cuisine.

Chapitre 8

Camille s'était mentalement préparée à garder contenance quand il arriverait.

Tous les trois se saluèrent chaleureusement. Bassam était sincèrement heureux de les revoir et son grand sourire le confirmait, Camille n'en doutait pas. De nouveau, cette chaleur avait envahi son ventre lorsqu'il était apparu, et elle surprit même quelques gouttes de sueur perler dans son dos. Il était sorti de la cuisine en frottant ses longues mains enfarinées sur son tablier blanc, et n'avait pas fait attention aux quelques grains qui s'étaient déposés sur son front lorsqu'il s'était gratté de la paume de la main.

Il discuta quelques minutes avec elles mais retourna rapidement en cuisine préparer les commandes. Les filles réglèrent l'addition, et vint le moment de se quitter. Elles le remercièrent infiniment pour sa gentillesse et pour leur avoir fait déguster de si délicieuses pizzas. Ils se firent la bise et après une dernière accolade amicale, Camille trouva le courage de tendre à Bassam la petite carte du restaurant au parasol agressif, derrière laquelle elle avait inscrit son prénom et son numéro de portable. Elle se félicita intérieurement d'avoir conservé la carte du bar, comme toutes celles des bonnes adresses où elle faisait une halte gourmande durant ses voyages. Généralement, elle les glissait ensuite dans ses albums photo souvenirs.

En l'occurrence, celle-ci était bien *la* carte à ne pas oublier !

Arrivées à Rome, Camille et Pauline étaient épuisées et avaient hâte de rejoindre leur prochain logement. Cette fois-ci, en raison du budget, leur lit se trouvait dans une auberge de jeunesse, à quelques mètres du Colisée. Leur chambre, très spacieuse, était située côté jardin, au calme. À chaque fois, la taille des hébergements les surprenait, elles qui vivaient dans une quarantaine de mètres carrés parisiens.

Les deux dernières journées romaines furent essentiellement composées de balades et de visites des grands sites touristiques. Les amies pique-niquèrent dans le jardin des orangers, au cœur du parc Savello pour trouver un peu d'air frais dans la capitale étouffante.

Sur conseil de leur hôte, elles eurent la chance de regarder par « le trou de la serrure », un lieu peu connu des touristes, situé sur la Piazza dei Cavalieri di Malta. Et seuls ceux qui y avaient regardé d'un œil pouvaient en parler entre eux, sinon, ils gâcheraient la surprise pour les autres…

Et puis, les voyageuses prirent l'avion du retour qui atterrit sous la pluie et la grisaille parisienne, contrastant radicalement avec les beaux jours et la dolce vita italienne. Heureusement, le choc fut atténué par la présence de Marie et de son fiancé Nino, venus les chercher en voiture. Depuis leur départ, Camille et Pauline avaient organisé leur soirée et leur nuit de retour chez Marie. Le couple aisé, elle ingénieure urbaniste et lui pédiatre, vivait dans une jolie maison en banlieue chic. Les vacancières dormiraient là-bas pour un retour au pays tout en douceur.

Camille n'était pas du genre à garder l'oreille ou les doigts scotchés à son téléphone. Mais c'était sans compter l'arrivée d'un message provenant d'un numéro à l'indicatif +3981, qui figurait désormais parmi ceux de ses amis ou de sa famille, donnant ou réclamant quelques nouvelles.

Son cœur lui fit le même coup qu'à Naples, il bondit comme un fou dans sa poitrine ! Cette émotion survenait même à distance lorsqu'il s'agissait de Bassam. Elle lut alors son court mais précieux message :

« Ne me dis pas que Rome est plus belle que Naples, je n'y croirai pas !

J'espère que Pauline et toi êtes bien rentrées en France.

Bassam »

Elle ne put contenir un large sourire. Ce genre de rencontre estivale s'apparentait souvent à une amourette de vacances ou à un rêve passager qui prenait pour un temps la forme d'une réalité… et par la suite était laissée de l'autre côté de la frontière. Pourtant le message de Bassam était concret, même une fois rentrée en France. Si elle ne savait pas encore comment le décrire ni qu'en penser, elle était ravie de ce lien qui se créait avec son correspondant napolitain.

Elle profita quelques instants de l'intimité de son message, puis le lut aux jumelles. Pauline avait de toute façon déjà bien entamé, et légèrement exagéré au passage, le récit de cette partie du voyage. Mais elle narrait bien, avec ses grands gestes et ses nombreux traits d'humour, et Marie, sans doute un peu frustrée que sa maternité l'ait contrainte à rester à Paris, trouvait cette rencontre terriblement romantique.

Camille écoutait distraitement. Elle se sentait flotter dans sa bulle et n'en demandait pas plus pour l'instant.

La soirée de retrouvailles fut agréable, ponctuée d'anecdotes, de photos et de souvenirs. Marie fut ravie que les filles la connaissent si bien : elles lui offrirent un kilo de gnocchis, son péché mignon absolu !

Camille et Pauline furent surprises, car le ventre de Marie se voyait déjà beaucoup. Peu de temps avant leur départ, il y avait quinze jours de cela, elle terminait difficilement son troisième mois de grossesse et était allongée la plupart du temps. Peut-être paraissait-il moins gros… et même si Marie était plus pulpeuse que sa danseuse de sœur, son ventre était tout de même déjà bien plus rond et plus avancé aujourd'hui dans sa marinière moulante.

Marie avait elle aussi un petit souvenir de vacances pour les filles. Nino l'avait emmenée en week-end prolongé pour admirer les falaises d'Étretat. Tous les deux avaient eu envie de profiter d'une amélioration de l'état de santé de la future mère. Elle tendit à chacune une grande enveloppe orange que Camille et Pauline ouvrirent, interloquées, avant de se lever du canapé en poussant des cris de joie et en envoyant valser les échographies.

— Des jumeaux ! Vous allez avoir deux bébés !
hurlèrent-elles en chœur.

Dans la famille, la théorie de la génération sautée ne
semblait pas tellement s'appliquer. Leur grand-mère
paternelle avait une jumelle. Leur père, un jumeau. Et
l'une des jumelles elle-même connaîtrait aussi bientôt
le bonheur du duo.

Après cette soirée riche en émotions et heureuses nouvelles, Camille apprécia particulièrement de dormir
chez Marie et de se faire dorloter par son amie. Elle était
installée comme à l'hôtel. La chambre était décorée avec
un goût certain, dans un style victorien sobre et chic.
Marie était parfois amenée à travailler avec des archi-
tectes d'intérieur, et était donc bien avisée. La chambre
d'amis où elle et Pauline dormaient était une pièce
agréable, petite mais bien agencée. Leur cocon avait
été préparé affectueusement, un grand lit à la housse
de couette fleurie recouverte d'un boutis moelleux les
attendait pour une nuit de sommeil réparateur.

Elles trouvèrent des serviettes de toilette toutes douces
sur le petit banc-coffre en bout de lit. Marie avait allumé
les lampes de chevet qui diffusaient dans la pièce une
plaisante lumière blanche.

Camille salivait d'avance en pensant au petit déjeuner
gourmand qu'elle leur préparerait le lendemain. C'était
la petite spécialité de son amie qui aimait recevoir et
choyer ses hôtes, en particulier ces deux-là. Cette fois,
il y aurait du chocolat chaud maison, dont Marie avait
déniché une incroyable recette turinoise lors d'un récent
voyage, et des croissants aux amandes de sa confection

également, mais d'après une recette de Camille, bien évidemment.

Camille attrapa son portable pour la quinzième fois de la soirée et acheva cette fois de rédiger le message auquel elle avait longuement réfléchi :

« Naples était en partie la plus belle, car nous avons eu le plaisir de t'y trouver !

Buona notte, Camille »

Chapitre 9

Paris, début septembre 2012

Camille avait repris le travail à la pâtisserie avec son enthousiasme habituel. Pendant l'été, la boutique avait proposé les classiques de saison qu'elle maîtrisait bien. Maintenant, le temps des libertés créatives était revenu. Inspirée par son séjour en Italie, elle réfléchissait déjà depuis son retour à ce qu'elle proposerait à son chef.

Elle travaillait généralement un peu plus tard dans l'après-midi, les semaines juste avant l'édition limitée, car elle voulait s'entraîner jusqu'à atteindre la perfection. Le mois de septembre serait rigoureux. Jusque-là, le chef n'avait encore jamais refusé aucune de ses propositions. Il donnait son avis à Camille, le positif comme le négatif et, sans lui révéler les solutions, l'aiguillait avec bienveillance et l'aidait à s'améliorer.

Elle savait qu'elle souhaitait s'inspirer de la *sfogliatella* qu'elle avait découverte à Naples. Mais elle se demandait quel classique français elle pourrait bien revisiter dans cet objectif.

Peut-être le mille-feuille, ou le russe, parce qu'on y retrouvait de la pâte feuilletée ? Ou bien fallait-il se concentrer davantage sur les saveurs de la crème, ricotta, fleur d'oranger et fruits confits ? La pâtissière se questionnait toujours longuement. Elle avait aussi pour habitude d'esquisser son dessert et d'y annoter ses idées d'associations de textures et de saveurs. Dans une deuxième phase, elle les essayait mais les annulait bien souvent pour recommencer sans cesse. C'était ainsi que Camille fonctionnait. Les idées mijotaient dans sa tête. Elle procédait par essais et erreurs et laissait décanter son imagination ensuite, jusqu'à se fixer sur l'idée qui la séduisait.

Camille avait également repris ses activités sportives. Ce qu'elle appréciait par-dessus tout, c'était la course à pied. Elle aimait se dépenser en courant dans le Jardin des plantes, une ou deux fois par semaine, très tôt le matin lorsqu'elle ne travaillait pas. À cette heure, le jardin était désert et il ne faisait pas trop chaud. Les matins d'été, les plantes en fleurs et les bâtiments majestueux du Muséum étaient un vrai paysage de carte postale. Elle avait l'habitude de se lever aux aurores pour se rendre à la pâtisserie car cela ne perturbait pas son rythme. Avec le temps et la régularité, Camille avait le corps athlétique. Le sport la maintenait en bonne santé bien sûr, mais lui permettait surtout de ne pas s'inquiéter de sa gourmandise.

Le quotidien avait repris son cours, sauf que depuis le mois de juillet et les vacances en Italie, Camille y intégrait Bassam. Tous les deux n'avaient cessé d'échanger par message depuis son retour en France. Quelques banalités au début, tout et rien. Et puis, progressivement, leur curiosité mutuelle avait grandi et chacun avait questionné l'autre sur son histoire, sa personnalité ou sa vie.

Les messages étant devenus de plus en plus longs, ils avaient finalement opté pour les appels en vidéo que la jeune femme appréhendait un peu au départ. Se retrouver face à son correspondant, même derrière l'écran… Auraient-ils vraiment quelque chose à se dire ? Mais comme à Naples, discuter était simple et naturel. Et bien plus pratique et stimulant que d'écrire.

Elle lui parla de son travail. Au fond, il avait raison. Avant qu'il ne le lui fasse remarquer, elle n'y avait pas pensé, mais ils possédaient un sacré point commun : lui créait en cuisine, elle dans les ateliers pâtissiers. Lui le plat, elle le dessert. Lui le soir, elle le matin. Bassam leur trouvait même une certaine complémentarité.

Camille aimait le découvrir. Leur complicité se renforçait et leur attirance était indéniable. Ils avaient installé dans leur quotidien le rituel de l'appel vidéo, et elle attendait ces moments avec impatience. Et justement, seize heures trente, il allait bientôt appeler…

Radieuse, Camille ouvrit la conversation à la seconde où la sonnerie retentit. Elle avait attendu ce rendez-vous et Bassam semblait content de la voir lui aussi. Cependant, elle crut déceler dans son regard une lueur de tristesse qu'elle ne lui connaissait pas, lui qui était si avenant et souriant d'habitude. Elle le questionna alors et, pour toute réponse, il leva sa main droite, recouverte d'un épais bandage. Il se lança dans le récit de sa soirée tourmentée de la veille. Apparemment, à la pizzeria, la foule avait afflué sans discontinuer et la brigade, pourtant aguerrie, s'était retrouvée sous l'eau. Si bien que, à un moment particulièrement stressant, le pizzaïolo avait mal manié son couteau et s'était profondément entaillé l'annulaire et l'auriculaire. Un mouvement trop rapide, inévitable et terriblement douloureux. Le sang avait jailli, Bassam s'était senti faiblir et son collègue Adriano avait immédiatement alerté les secours. Le pizzaïolo avait alors été admis aux urgences et, après plusieurs heures d'attente, le résultat s'était avéré handicapant, bien que moins dramatique qu'il n'y paraissait. Quelques points de suture et un bandage plus tard, il se retrouvait en arrêt de travail forcé, privé de son art pour quelques semaines.

Camille était impressionnée par le calme dont il faisait preuve. Si c'était elle qui s'était tranché deux doigts, ça aurait été la fin du monde ! Elle aurait perdu son deuxième outil de travail, après son imagination. Heureusement qu'il était gaucher. Mais quand même, quel choc pour un cuisinier !

Bien que compatissante, elle essayait de tirer le côté positif de la situation inconfortable dans laquelle il se retrouvait. Elle tentait de lui prouver qu'il pouvait y avoir du bon dans sa mésaventure. Il pouvait en profiter pour se reposer un peu. Il aimait son métier, mais pizzaïolo était une activité fatigante.

Seulement, Bassam était dépité et avait bien du mal à rester optimiste. D'abord, parce qu'il détestait se sentir amoindri, et ensuite parce que ces semaines d'arrêt de travail lui semblaient bien trop longues et que l'oisiveté forcée ne l'enchantait guère. Enfin, par-dessus tout ça, une ultime raison achevait de l'attrister…

Bassam expliqua à Camille qu'au mois de septembre, depuis deux ans, Naples célébrait son art : la pizza. Toute la ville était alors en fête et les pizzerias installaient des stands éphémères le long de la baie. La *Pizzeria Giulia* avait le sien. Locaux et touristes pouvaient se promener, déguster des pizzas plus délicieuses les unes que les autres, mais aussi assister à des concerts, des cours de cuisine ou encore des défis culinaires.

Pour les professionnels, l'événement était une occasion d'afficher et de perfectionner leur talent, et surtout, de participer aux championnats du monde. Di Matteo, Gino Sorbillo, Da Michele, I Decumani et bien d'autres s'affrontaient dans un combat au feu de bois et c'était à qui confectionnerait la plus belle, la plus authentique et la plus succulente des pizzas de la ville. Le festival ne durait qu'une dizaine de jours et Naples était en ébullition.

Camille reconnut que Bassam n'avait pas tort sur ce point, c'était vraiment dommage de le manquer.

Ils changèrent de sujet et elle lui raconta qu'elle s'était enfin décidée pour sa création gourmande du trimestre.

Elle avait longuement hésité, car sa première envie avait été de s'inspirer de la *sfogliatella*. Mais elle s'était ravisée, et avait pensé qu'il valait mieux patienter et garder son idée sous le coude pour le mois de janvier. Pour l'heure, elle réinterpréterait donc la galette des Rois.

Devant son regard interrogateur, Camille expliqua à Bassam ce qu'était la fête de l'Épiphanie en France, et sa tradition pâtissière. Cela lui parut bien peu appétissant sur simple description mais il se garda de le dire, de crainte de peiner Camille. En revanche, curieux, il tenta d'en apprendre plus sur la création qu'elle préparait pour octobre, mais la jeune femme demeura bien évasive… Elle indiqua tout de même une inspiration italienne, vaguement la présence de basilic, mais rien de plus pour l'instant. Il vit bien à son petit air qu'elle laissait volontairement planer le mystère.

Il aimait bien l'idée de commencer à la connaître, et de pouvoir capter, comme maintenant, certaines de ses mimiques. Et, en effet, Camille confirma qu'elle ne dévoilerait rien tant qu'elle ne serait pas sûre de sa recette à cent pour cent.

Tous les deux discutèrent encore un moment. Comme il était agréable de partager une passion commune ! Et puis, il fut l'heure d'interrompre l'appel pour Camille. Elle prévoyait de passer la soirée avec les jumelles.

Ces derniers temps, elle se sentait pleine de vitalité et d'ambition après avoir discuté avec son correspondant napolitain. Et ce soir, cela tombait bien car elle avait prévu de profiter de ses deux cobayes préférés pour une dégustation des éléments de sa recette.

Normalement, Marie, qui était nettement plus en forme, apporterait de quoi cuisiner. Au menu, des croque-monsieur « recette spéciale Jean ». Le père des filles avait l'habitude de leur préparer ce plat lorsqu'elles étaient petites et qu'ils passaient la soirée tous les trois quand leur mère était de garde. Son petit secret était de tremper le pain dans du lait pour les rendre plus moelleux. Jean avait conquis ses filles avec la simplicité de sa recette.

Pauline se chargeait des boissons. Elle voulait réussir les Spritz qu'elles avaient testés à Naples, mais qui se révélaient décevants, voire franchement mauvais dans les bars de Paris. Les goûteuses auraient ensuite le privilège de donner leurs avis sur les créations de leur amie, avant d'attaquer le dessert plus sérieux. Camille préparait toujours quelque chose de spécial pour leurs soirées trio. Ce soir, c'était un fondant au gianduja avec un cœur coulant à la châtaigne, accompagné d'une boule de glace du même parfum.

Chapitre 10

Naples, début septembre 2012

Seize heures trente. Il était bientôt l'heure de son second rendez-vous. Bassam comptait désormais deux contacts récurrents pour ses appels vidéo. Cette jolie Française, Camille, rencontrée deux mois plus tôt et pour laquelle son coup de cœur se confirmait de jour en jour, et sa tante Rabab, avec laquelle il avait rendez-vous juste après.

Elle ressemblait tellement à sa mère… à chaque fois, Bassam restait stupéfait, comme si c'était la première fois qu'il s'en apercevait.

On avait souvent, par le passé, pris Rabab et Wajiha pour des jumelles, surtout lorsqu'elles portaient leur voile. Elles s'en étaient beaucoup amusées. Elles étaient toutes les deux de petite taille, dotées de silhouettes similaires et plantureuses à l'orientale. Leurs yeux en amande, taillés comme deux belles émeraudes, étaient grands et envoûtants.

À la fin des années 1970, Rabab était âgée de dix-huit ans et sa sœur de quatorze ans. Toutes les deux vivaient à Beyrouth, auprès de leurs parents. Cette période marquait les derniers temps de leur vie familiale, rue Barbour, dans le quartier de Mazraa. Rabab était fiancée à un jeune homme dont elle était amoureuse et devait l'épouser, désertant ainsi le foyer parental pour fonder le sien.

Elle était impulsive et passionnée. Des deux sœurs, c'était elle, l'électron libre. Elle avait rencontré ce garçon et l'avait connu avant même leur mariage. Elle avait bravé les interdits et les mœurs de l'époque, sans aucune gêne. Peut-être était-elle en avance sur la mentalité de son pays. Rabab savait qu'il était l'homme de sa vie et qu'il serait le père de ses enfants. Elle était prête à tenir tête à sa famille, s'il le fallait… En 1976, la guerre civile ravageait le pays depuis un an, et le père de Rabab et de Wajiha était soulagé de marier ses filles. Elle, l'aînée, serait donc casée chez les chrétiens. Le futur gendre était issu d'une famille riche vivant à Achrafieh dans un quartier cossu. Son père faisait des affaires, officieuses le plus souvent, mais qui lui permettaient de mettre sa famille à l'abri. Rabab, belle comme le jour, convenait parfaitement au patriarche. Elle ferait une femme parfaite pour son fils et lui donnerait de beaux petits-enfants.

Wajiha était plus jeune et plus réfléchie. Elle n'avait que quatorze ans, mais elle était fiancée elle aussi, au fils du maçon. Il ne l'épouserait pas avant qu'elle ne soit majeure. C'était un brave garçon, issu d'une famille modeste comme la leur, mais il était travailleur et semblait honnête.

L'hiver 1977, Rabab tombait enceinte de son premier enfant. Elle attendait un fils, mais sa grossesse était difficile et éprouvante, d'autant plus qu'au cinquième mois, Rabab et Wajiha perdirent leur mère… Une femme profondément dépressive depuis de longues années, au cœur fragile, marquée par l'horreur de la guerre qui avait amplifié les dégâts sur son organisme fragilisé à l'extrême. Leur père avait survécu quelques semaines à peine, puis était mort de chagrin.

À l'époque, Rabab, pourtant éprouvée par sa grossesse, avait endossé son rôle d'aînée et avait pris soin de sa jeune sœur. Elle avait réussi à contenir sa peine, ne pouvant se permettre ni de défaillir ni de sombrer. Elle et son mari avaient quitté Achrafieh pour s'installer dans l'appartement de la rue Barbour avec la cadette. Les sœurs, vivant désormais sous le même toit, avaient renforcé leurs liens, mais leur relation avait changé. Rabab devenait mère d'Hicham, un bébé chétif et fragile qui lui demandait toute son attention et son énergie. Wajiha, qui grandissait et devenait une femme, soutenait sa sœur et s'occupait de son neveu.

En 1980, quand le maçon avait officiellement demandé la main de Wajiha, lui offrant une bague de famille somptueuse, leurs noces avaient été rapidement célébrées, dans le chaos d'une guerre civile cauchemardesque. Leur mariage était une union d'amour, mais le cœur n'était pas à la fête… Leurs parents étaient morts depuis presque trois ans et Rabab était très préoccupée par la santé d'Hicham, qui grandissait mal. Un enfant pour qui elle ne projetait aucun avenir dans ce pays meurtri.

Rabab et son époux avaient alors déménagé dans une rue voisine, dans un grand et vaste appartement. Curieusement, la guerre semblait épargner les plus riches… Wajiha et son mari, tous deux âgés d'une vingtaine d'années, étaient restés rue Barbour.

Fusionnelles, les sœurs ne pouvaient se résoudre à être séparées par plus d'une rue. Elles étaient les dernières de la famille et leur amour mutuel était puissant et inconditionnel. Même si elles étaient désormais mariées et avaient fondé leur propre foyer, elles avaient souhaité rester tout près l'une de l'autre.

Chacune suivait plus ou moins péniblement le cours de sa vie. Pour Rabab et son mari, le désir d'agrandir la famille était ardent, d'autant plus que Hicham se portait bien mieux. Mais Rabab enchaînait les fausses couches, perdant un peu plus de forces et d'espoir à chacune d'elles.

Rue Barbour, Wajiha et son mari s'aimaient et désiraient un enfant, mais lui travaillait comme un acharné pour rassembler de l'argent, et elle patientait. De plus, elle apportait un soutien sans faille à sa sœur dans les deuils successifs et injustes que la vie lui imposait.

Sept ans plus tard, en 1987, Wajiha découvrait enfin le bonheur de sa première grossesse, pourtant incertaine dans ce pays encore lourdement bombardé. Mais la vie l'emportait sur la destruction et la barbarie. Et puis, la fusion des sœurs allant au-delà de l'amour et de la complicité, la vie offrit une éclaircie à Rabab, qui rejoignit sa cadette dans la maternité.

Dans cette période sombre, un souvenir plutôt drôle était resté gravé et toutes deux avaient souhaité le raconter à leurs enfants. Il concernait le petit épicier du coin, chez qui les sœurs étaient fidèles clientes. Les grossesses des deux femmes s'étaient succédé et chevauchées dans le temps. Wajiha avait appris la bonne nouvelle en premier, puis au cinquième mois, sa sœur Rabab l'avait rattrapée. Si bien que, pour Sami, le brave épicier qui ne se posait pas trop de questions, cette jeune femme aux beaux yeux verts, qui passait au magasin de temps en temps, avait connu la grossesse la plus longue de tous les temps ! Les sœurs se ressemblaient tant…

Plus tard, en 1992, quand la guerre s'était terminée, Wajiha et sa famille avaient quitté Beyrouth pour s'installer à Cana al Galil au sud du pays, où le mari de Wajiha avait trouvé un travail mieux rémunéré, dans un Liban en reconstruction. De quoi envisager un avenir plus clair pour Bassam, cinq ans, sa sœur Rima, deux ans, et la petite dernière encore à l'abri dans le ventre de sa mère.

L'appartement de la rue Barbour avait été vendu et les sœurs avaient dit adieu au foyer de leur enfance. Forcée de rester à Beyrouth à cause du travail de son mari, Rabab avait souffert de cette nouvelle séparation. Pour y remédier, ce dernier avait offert à sa femme et à ses fils une grande maison de famille dans le centre-ville de Tyr, non loin de Cana al Galil. Un lieu agréable où Rabab et sa sœur pouvaient se réunir de temps à autre et entretenir ce lien qui les avait solidement unies toute leur vie.

Lorsqu'ils se donnaient rendez-vous pour un appel vidéo, Assem et Hicham, les cousins de Bassam, s'arrangeaient pour être présents tous les deux aux côtés de leur mère. C'était une fois par mois environ, et tous prenaient des nouvelles les uns des autres avec plaisir. Bassam avait la sensation de recevoir une bouffée d'air libanais, et sa tante et ses cousins en profitaient pour satisfaire leur curiosité. La vie européenne devait être différente de la leur au Moyen-Orient. Mais avant tout, il leur manquait.

Au Liban, l'esprit de famille était une valeur fondamentale de l'éducation. Ils formaient une tribu unie et soudée, et si chacun avait accepté et compris son choix de quitter le Liban, cela n'en avait pas moins été un déchirement.

Bassam apprit une bonne nouvelle : Assem se mariait l'été prochain à Tyr. Il avait demandé la main de sa fiancée dans les règles de l'art et les festivités se préparaient pour 2013. Profitant de cet appel vidéo, Assem l'avait invité à ses noces.

C'est alors que Bassam prit conscience de cette réalité qui lui revenait en pleine figure. Il avait quitté le Liban pour se protéger, pour se reconstruire et pour tenter de survivre à l'innommable. Seulement, s'il se laissait aller à y songer, la plaie se rouvrait, béante et atrocement douloureuse. Voilà pourquoi il opérait un travail sur lui-même, excessivement difficile, pour se souvenir sans se laisser envahir. Un peu comme des idées superficielles, qu'il censurait aussitôt s'il sentait qu'elles prenaient trop de place ou ravivaient trop d'émotions. Il autorisait quelques-unes de ses pensées à s'emballer légèrement, juste un peu… « *Bit tzakrini baba… wa… Bit tzakar inou mama…* » Mais juste quelques fractions de seconde, fugaces et agréables : « Ça me rappelle papa… ou… ça me fait penser à maman. » Bassam déployait une force psychique considérable pour les brimer. Il se sentait encore tellement fragile, si proche du désespoir et du point de rupture.

En six ans, il avait eu le temps de traverser les différentes et épouvantables phases du deuil, y compris celle de l'acceptation. Mais le traumatisme et la douleur, eux, demeuraient intacts et semblaient ne jamais vouloir s'atténuer.

Il était très conscient de tout cela et tentait de construire son propre bouclier pour continuer à avancer et croire en l'avenir.

Pour la mémoire et l'honneur de sa famille, il avait fait le choix de ne pas sombrer. Il ne serait pas une victime de plus, il y en avait déjà tellement eu, mais il n'était toujours pas certain de pouvoir survivre dans un monde où ses parents et ses petites sœurs n'existaient plus.

Alors, cette invitation au mariage, il était bien incapable d'y répondre pour le moment. Une porte s'ouvrait sur un retour au pays et cela le terrorisait.

Chapitre 11

Camille était tout excitée de révéler enfin à Bassam quelle serait son invention pour le mois d'octobre. Elle lui demanda d'écouter bien attentivement ses explications dans un premier temps, avant qu'il ne puisse visualiser quoi que ce soit. Elle ne riait pas et affichait un visage très sérieux. Elle voyait en Bassam l'unique et précieux regard italien porté sur sa création. Et, même si son chef avait été séduit, elle comptait sur un avis sincère et se rendait compte que l'opinion du jeune homme revêtait une grande importance à ses yeux.

Elle s'amusa beaucoup de sa mine circonspecte lorsqu'elle exposa son idée de dessert : le Paris-Brest. Une course cycliste qui inspirait un dessert… une apparence de roue de vélo… la possibilité de dissimuler une surprise au sein d'un gâteau… Autant de bizarreries qu'elle-même ne voyait plus, mais qui pouvaient encore surprendre les néophytes.

Il l'écouta très attentivement. Elle était si organisée et si précise ! Elle s'appliqua à lui narrer l'élaboration et la construction de ce dessert qu'elle avait si longuement étudié. En vraie professionnelle, elle parcourut l'histoire de cette célèbre pâtisserie française, ancienne et toujours aussi populaire. Elle souhaitait aujourd'hui la transformer subtilement en un dessert plus personnel et plus moderne, gorgé de dolce vita, de ses émotions et de son voyage italien.

Lui n'avait aucune idée de ce que pouvait être un Paris-Brest. Et cela lui apparaissait bien étrange que de donner deux noms de villes à un gâteau. Et puis, il avait bien du mal à se le figurer malgré les minutieuses descriptions apportées par la créatrice. Si précises et détaillées soient-elles, Bassam devait avoir en tête tout autre chose. Il lui confia alors prudemment que cela ne semblait pas être un très « joli » dessert.

Cela la fit sourire. Elle trouvait très touchantes ces petites fautes de français qui survenaient de temps en temps. Elle savait qu'il voulait dire que le dessert ne lui semblait pas appétissant. Dans le même style, quelques soirs plus tôt, lors d'une conversation tardive, Bassam, très fatigué, lui avait dit, commettant une adorable faute grammaticale : « J'y vais se coucher, Camille, j'ai besoin de dormir. »

Cependant, la jeune femme avait volontiers reconnu que le Paris-Brest était une pâtisserie qui méritait d'être finement réalisée, faute de quoi elle pouvait paraître grossière.

Elle aimait bien les réflexions de Bassam. Il n'y connaissait pas grand-chose en pâtisserie, mais s'intéressait sincèrement à elle. Et puis, il avait de l'humour. Même si, au cours de cette conversation, il la faisait rire involontairement !

Elle poursuivit avec passion, lui expliquant que son pâtissier préféré cachait un cœur coulant au praliné pur dans sa version revisitée du gâteau, si bien qu'au moment de croquer dans le chou, ça explosait de saveurs dans la bouche. Elle avoua en avoir frissonné de délices !

Camille en arriva enfin à sa propre idée de dessert. Elle évoquait tout cela avec tellement d'amour et d'admiration… Elle aurait pu passer des heures à assommer le pauvre jeune homme de détails sucrés. Elle aurait voulu qu'il puisse ressentir les goûts qu'elle décrivait, distinguer les différents jeux de textures tels qu'elle les connaissait. L'aéré de la pâte à choux, la légèreté de la crème, la puissance du praliné… et l'alchimie parfaite du tout dans un croc.

Elle lui raconta qu'elle s'inspirerait de son idole. Elle réaliserait une demi-lune de petits choux ronds, entièrement fermés. Chacun serait garni d'une onctueuse crème au parfum limoncello, insérée dans le chou à l'aide d'une seringue. Et suivant la même technique, elle injecterait un coulis de basilic. Pour les citrons, elle avait opté pour le *limone de Sorrento*, très gros et gorgé d'un jus bien acide. Le coulis de basilic apporterait de la douceur pour contrebalancer. Enfin, sur chaque chou, elle déposerait un craquelin saveur noisette du Piémont, qui trônerait fièrement.

Elle lui montra une version individuelle de son dessert, posé sur un petit présentoir en argent. Elle l'avait baptisé « le Paris-Napoli ». Bassam était admiratif.

Les joues rosies de bonheur, Camille trépignait. Obtenir l'aval de son chef ne l'inquiétait plus, elle le connaissait bien. Il n'était pas méchant, mais exigeant. Le chef refusait sa création ? Elle se remettait au travail. Mais rien qu'à l'idée de susciter cette réaction sincèrement enjouée de Bassam loin derrière son écran, lui qui n'avait qu'écouté une description et visualisé un gâteau pixélisé par la caméra de l'ordinateur, Camille se sentait valorisée. Et sa présence lui était devenue indispensable. Elle le remercia pour son oreille attentive et relâcha la pression.

Maintenant, elle avait envie de l'entendre, lui. Il avait sûrement plein de choses à lui raconter. Il avait pu reprendre le travail une semaine plus tôt que prévu. Son patron avait accepté sa décision, à condition que le pizzaïolo veuille bien, dans un premier temps, donner des directives à ses collègues plutôt que d'user de sa main. Le patron avait besoin de tout son personnel pendant la fête de la pizza… Et même si Bassam avait dû se résoudre à rester dans l'ombre sans être acteur des festivités, il préférait nettement cette situation à son oisiveté frustrante et forcée.

Mais Bassam coupa assez rapidement leur appel vidéo, au prétexte qu'il n'avait pas vu le temps passer et qu'il lui restait encore plein de choses à faire. Il l'embrassa en envoyant un baiser soufflé sur sa main et lui dit à demain.

Camille avait été surprise par cet arrêt soudain de leur conversation. Sans qu'il s'agisse de méchanceté, la brusquerie inhabituelle de Bassam l'avait saisie.

Maintenant qu'elle prenait le temps d'y penser plus particulièrement, elle trouvait qu'il s'était montré distant ces derniers jours. Voire préoccupé. Même s'ils discutaient des heures, elle savait peu de choses sur lui, il était plutôt secret. Surtout sur ce qui concernait son passé au Liban.

Elle n'avait pas osé insister lorsqu'il détournait ses questions pour en apprendre davantage sur elle. Irait-elle jusqu'à dire qu'elle trouvait très galant de sa part de toujours la mettre en avant ?

Elle savait qu'il avait quitté le Liban jeune, parce qu'il voulait découvrir l'Italie. Il lui avait confié avoir perdu ses parents dans un accident, lorsqu'il était plus jeune. Il n'avait pas de frères et sœurs. Partir à la découverte de l'Europe avait été un moyen de surmonter cette épreuve. À Beyrouth, il lui restait une tante et des cousins dont il était proche et un peu de famille éloignée.

Ainsi, Bassam était parti et Camille connaissait davantage sa vie à Naples. Il avait un parent installé là-bas, Ghassan, un cousin de sa mère qui avait accepté de l'accueillir avec plaisir. Et puis, le jeune homme avait pris goût à la vie italienne et s'était établi à Naples. Gianmarco, le fils de Ghassan, lui avait permis de trouver du travail et ceci avait satisfait son besoin d'indépendance. Son travail était manuel, physiquement épuisant, mais il l'appréciait et était fier de gagner sa vie ainsi.

Il avait été accueilli dans la famille napolitaine. Tous l'avaient intégré au clan avec générosité. Et il était rempli de gratitude pour cette nouvelle chance dans la vie.

Camille savait que Bassam était adepte de sport et qu'il était un coureur comme elle. Il aimait se défouler dans la nature. Il partait, sa gourde attachée autour de la taille, et courait jusqu'à se sentir épuisé et satisfait. Camille ne le comprenait pas, elle qui fonctionnait à la performance et au défi. Elle n'allait jamais courir sans sa montre connectée pour observer ses progrès. Elle détestait ne pas évaluer sa vitesse, il lui fallait connaître son rythme cardiaque, être alertée d'une baisse de régime ou d'une allure trop rapide pour l'entraînement qu'elle avait programmé. Et plus que tout, les secondes perdues aux passages piétons avaient le don de l'agacer prodigieusement ! Bassam la taquinait à ce sujet, lui qui ne courait qu'après la beauté des panoramas !

Récemment, ils s'étaient amusés à faire un concours de photographies. C'était à celui qui avait couru dans le plus bel endroit. Elle lui avait envoyé un cliché de la butte de Montmartre à l'aube avec le soleil qui commençait à grimper vers le ciel en illuminant Paris, depuis le Sacré-Cœur. Elle s'était presque couchée sur le pavé pour lui offrir une perspective du plus bel effet.

Mais elle savait qu'il gagnerait. En effet, il était allé courir dans le parc Capodimonte, situé sur une colline au nord de la ville. Il lui avait envoyé la photo au coucher du soleil, son heure préférée. On voyait des allées vides menant à la Fontana del Belvedere, bordées de grands palmiers. En arrière-plan, on devinait Naples qui s'étendait. La lumière du soir dans ses subtils tons pastel donnait une dimension particulière au paysage déjà sublime. Les souvenirs de l'été étaient revenus instantanément à la mémoire de Camille, et elle avait bien dû admettre qu'elle était battue à plates coutures.

Bassam lui avait parlé de la promenade du bord de mer de Beyrouth, qui menait jusqu'à la grotte aux pigeons, dans le quartier d'Al Raouché. Lorsqu'il y vivait encore, adolescent, il aimait regarder les coureurs la parcourir plus ou moins vivement selon la chaleur. La corniche longeait la mer, et l'apothéose était l'arrivée au rocher.

Il s'agissait d'un site naturel constitué de deux îlots d'une cinquantaine de mètres de hauteur. Deux rochers jaillissaient de l'eau, traversant le temps, toujours majestueux. L'un était plus massif que l'autre et une arcade se dessinait en bas, pouvant laisser passer une embarcation. Le second, en face, était plus fin et pointu. Le site ressemblait à une crique, mais située en pleine ville. Depuis la corniche, la vue était superbe. Un escalier naturel permettait d'escalader les rochers, et il avait même déjà vu de jeunes Libanais insouciants effectuer le saut périlleux de quarante-six mètres depuis le sommet. Le soir, la promenade prenait une autre allure. Sous le ciel profond et noir, le rocher qui ne se laissait pas engloutir était gigantesque et presque effrayant.

Cependant, elle connaissait une ou deux anecdotes libanaises rapportées par Bassam, guère plus. Il évoquait rarement son pays, jamais sa famille ou sa vie là-bas, et Camille devait bien reconnaître que cela l'intriguait beaucoup.

*

Bassam fut dérangé dans sa conversation pâtissière avec Camille par un double appel indiqué par un clignotement agaçant sur son écran.

Tante Rabab ! Mince, il avait laissé le temps filer… Il dut abruptement éconduire Camille et la bonne humeur qu'elle lui insufflait. Il prit le temps de lui envoyer un baiser de la main. De plus en plus, ces baisers, il rêvait de les réaliser.

Il répondit à sa tante et à ses cousins qui lui souriaient chaleureusement de l'autre côté de l'écran. Ils étaient installés côte à côte dans le canapé à montures dorées du grand salon. Tante Rabab, entourée et presque soutenue par ses deux grands gaillards, semblait toute minuscule et rabougrie, ainsi positionnée. Il fallait reconnaître qu'Assem, artificiellement gonflé par trop de musculation et de protéines, et Hicham, grossi par une hygiène de vie peu saine (beaucoup de restaurants pour des dîners d'affaires, trop de cigares et un whisky quotidien dont il ne se détachait pas), prenaient toute la place. Tante Rabab avait retiré son voile. Ses longs cheveux étaient blancs comme la neige et coiffés en une longue tresse qu'elle portait sur le côté. Ses yeux étaient cernés et fatigués, mais son sourire intact réchauffa le cœur de Bassam. Si sa chère mère était encore vivante, elle ressemblerait sûrement à sa sœur.

Derrière eux, il reconnut l'immense et ignoble fresque représentant, sur un miroir, deux chevaux se cabrant. Il s'était toujours demandé qui avait pu peindre pareille horreur et plus encore, qui pouvait bien l'exposer chez soi. Le grand salon était celui des invités et se prêtait aux réceptions excessivement rares. C'était la pièce de l'appartement la plus chargée en ornements.

Il savait qu'Assem espérait une réponse positive à son invitation de mariage. Il souhaitait le retour au pays de son cousin expatrié pour le grand jour. Mais il allait être déçu.

Chapitre 12

France, fin octobre – début novembre 2012

Le mois d'octobre passa très vite pour Camille. Le « Paris-Napoli » avait été un succès à la boutique et le rythme des ventes s'était accéléré. En coulisses, Camille et son équipe étaient épuisés. Ils avaient maintenant un mois devant eux pour reprendre des forces avant que n'arrivent décembre et les festivités de Noël et du Nouvel An.

Camille avait décidé de poser quelques jours de vacances à la fin du mois d'octobre. Elle irait rendre visite à ses parents et son grand-père, dans le centre de la France, du côté de Tours. Elle fêterait ses vingt-cinq ans là-bas.

Camille avait une toute petite famille, très fusionnelle. Ses deux parents étaient enfants uniques. Ses grands-parents paternels étaient décédés lorsqu'elle était très jeune, et Mémé, sa grand-mère maternelle, avait succombé à un cancer du pancréas quelques années auparavant.

La maladie incurable l'avait emportée précipitamment. Camille était très proche de Papé, son grand-père. Elle l'adorait et il était, pour elle, la garantie de moments de bonheur.

Plus jeune, en primaire, sa grand-mère et lui s'occupaient beaucoup de Camille après l'école. Ils l'emmenaient goûter chez eux, chocolat chaud et gâteau battu. Sa grand-mère, ancienne institutrice, l'aidait à faire ses devoirs. Le mercredi matin, tous les trois allaient à la piscine. C'était leur rituel. C'était Papé qui avait appris à nager à Camille en l'emmenant depuis sa toute petite enfance aux bébés nageurs. Il lui avait aussi appris à faire du vélo, lui qui était un cycliste passionné. Ses grands-parents avaient construit avec elle de précieux souvenirs d'enfance.

Pauline serait de la fête. Elle avait même pu faire le pont de la Toussaint pour rester plus longtemps. Marie viendrait elle aussi, si elle se sentait en forme. Elle terminait son septième mois de grossesse et, même si elle était guillerette, elle fatiguait vite et se déplaçait peu. Elle entamerait son congé maternité dans quelques jours et pourrait se reposer davantage.

Nino ne serait pas présent, car il était en mission au Brésil pour quinze jours. C'était la dernière qu'il acceptait. Médecin, il adorait son travail mais, à la rentrée, il quitterait son poste d'urgentiste en pédiatrie pour une activité médicale plus calme. Il allait être père de famille, et Marie et ses jumeaux seraient sa priorité. Enfin, les parents des jumelles, plus vieux et fidèles amis de ceux de Camille, feraient eux aussi le déplacement depuis la Bretagne.

Camille était dans le train et pensait à Bassam. Déjà quatre mois qu'ils se parlaient presque tous les jours.

Bien sûr, ils étaient au-delà d'une simple correspondance. Ce n'était pas non plus juste une amitié. Camille éprouvait pour Bassam des sentiments qui devenaient de plus en plus forts. Elle n'était pas certaine de bien les identifier, de pouvoir mettre des mots dessus ou de savoir où tout cela la mènerait. Ce qui était le plus déstabilisant, c'était la distance. On ne pouvait pas parler de relation amoureuse derrière un écran à des milliers de kilomètres l'un de l'autre. En tout cas, cela ne convenait pas à Camille. Pourtant, elle n'envisageait pas non plus de ne pas parler à Bassam tous les jours.

Justement, depuis le début du mois environ, en raison de la distance qu'il y avait dans leurs échanges, elle se posait des questions. Peut-être avait-il rencontré une Italienne, plus présente, plus proche. Et peut-être était-ce une manière de rompre les liens… Cela l'attristait et elle préférait ne pas laisser trop d'espace à son imagination.

D'autant plus que, étant chez ses parents cette semaine, elle pourrait difficilement trouver le temps pour leurs petits moments vidéo. Elle espérait qu'ils échangeraient quelques messages quand même. Elle l'avait prévenu qu'elle passait la semaine à la campagne en famille pour fêter son anniversaire. Elle avait compris que lui aussi était occupé. Apparemment, ses deux cousins libanais lui faisaient la surprise d'une visite, mais elle n'en savait pas plus.

Elle fut contente d'arriver auprès des siens. Elle interrompit ainsi ses ruminations, car ses parents venaient la chercher à la gare. Ils descendirent de leur petite Citroën citadine noire, Laurent dans son blouson de cuir marron et ses baskets « de petit jeunot », comme il s'en vantait, et Nathalie dans sa doudoune coupe-vent, cachant sa tenue de sport fluo. Laurent avait dû passer la récupérer à la salle de sport où elle s'entraînait assidûment plusieurs fois par semaine. Elle travaillait courageusement ses muscles depuis près de quinze ans. C'était elle qui avait transmis à sa fille le goût du sport.

Grande, sportive et élancée, c'était une jolie femme et Laurent était très fier de l'avoir à son bras. Il était plus petit qu'elle d'un ou deux centimètres parce qu'il ne se tenait pas bien droit.

Tous les deux formaient un couple élégant et assorti. Leur plaisir d'accueillir leur fille unique transparaissait sur leurs visages, sur le quai de la gare.

Ils étaient vétérinaires. Ils avaient fait leurs études ensemble avec les parents des jumelles, nommés Jean et « Suzette comme les crêpes », ainsi qu'elle aimait se présenter, fière d'être bretonne. C'est ainsi que tous s'étaient rencontrés et que les liens s'étaient tissés pour ne plus jamais se défaire. La vie les avait ensuite éloignés dans des villes et régions différentes, mais leur amitié traversait le temps.

Les parents de Camille avaient monté leur cabinet en ville. Ils aimaient exercer en équipe et étaient tous les deux très travailleurs.

Quand Camille était bébé, le couple était parti en Afrique du Sud. Elle avait ainsi passé les premières années de son enfance dans une réserve naturelle, au plus simple de la vie. Lorsqu'elle avait été en âge d'entrer à l'école, Laurent et Nathalie avaient décidé de regagner la France, décidant de lui offrir plus de stabilité.

La maison de campagne familiale était un havre de paix aux yeux de Camille. Elle appréciait la vie à Paris, parce qu'elle avait la chance de la vivre essentiellement à pied. Elle exécrait les transports, l'enfer du parisien, et avait de la chance de pouvoir s'en passer. Mais revenir aux sources le week-end était salvateur.

La maison était un ancien corps de chasse dont le bâtiment avait conservé le charme et l'atypie, surtout en comparaison des deux maisons vieillottes qui l'entouraient. On y pénétrait par une longue allée bordée de haies taillées net derrière un portail fraîchement repeint par Laurent. Au bout, la bâtisse blanche aux volets noirs se dressait fièrement, dissimulant une tourelle qui abritait les chambres de Camille et des invités. Un beau jardin soigné par la main verte de Nathalie entourait la maison. Il était agrémenté d'une multitude de détails décoratifs pleins de goût : un banc en bois, des moulins à vent, des pots de fleurs aux formes originales : chats, lapins, chouettes ou tout autre créature qui enrichissait son bestiaire, comme l'appelait Nathalie. Un bel abri à bois peaufinait le style campagnard chic que les propriétaires avaient essayé de donner à leur foyer.

La semaine qui passa fut reposante et réparatrice, et l'anniversaire, un moment très réussi. Les jumelles avaient pu se déplacer toutes les deux : Marie, de plus en plus ronde et impatiente de rencontrer ses bébés, et Pauline, toujours aussi joyeuse.

Les parents de Camille avaient mis les bouchées doubles pour que ses vingt-cinq ans soient un beau souvenir. Il fallait dire que leur grande maison isolée se prêtait parfaitement à ces réunions familiales. Une grande tablée dans la pièce à vivre claire et chaleureuse, des baies vitrées partout, laissant entrer une lumière automnale et offrant une belle vue sur le grand jardin aux arbres dénudés. Nathalie aux fourneaux, dans la cuisine ouverte, pour concocter les meilleurs petits plats ; Laurent en pleine réflexion devant les bouteilles de rouge de la cave à vin.

Camille s'était chargée des desserts, évidemment. Elle avait réalisé une tarte amandine aux pistaches et framboises, ainsi qu'un cake au chocolat et noisettes caramélisées.

Son grand-père lui offrit un vieux livre de pâtisserie qui racontait les histoires des plus anciens desserts français, de leurs origines à leurs évolutions. Comme chaque année, elle reçut le traditionnel flacon de parfum, toujours le même, aux senteurs de coquelicots. Il disait que cette odeur convenait parfaitement à Camille : fraîche comme la campagne, douce comme sa beauté et pétillante comme sa personnalité. Enfin, elle eut la belle surprise de découvrir un dernier petit paquet de la part de Papé, le plus joli cadeau de tous. Des perles de Tahiti, que sa grand-mère avait reçues de son mari la veille de leur mariage. Soixante ans de vie commune et portées chaque jour, elles avaient tout vécu aux oreilles de leur propriétaire. Camille n'avait plus de mots pour exprimer son émotion.

Ses parents lui offrirent le dernier robot à la mode, la quintessence des robots pâtissiers ; une idée qu'elle leur avait elle-même soufflé. Elle reçut également une robe blanche en dentelle, dans un style un peu bohème, telle qu'elle les aimait. En matière de vêtements, Camille était très exigeante et préférait la qualité à la quantité. Elle partageait cette passion avec Pauline. Parfois, par souci d'économie, il leur arrivait même d'acheter une pièce à deux, et de la partager en la portant à tour de rôle.

Les jumelles, originales et créatives, avaient opté pour une paire de baskets de course à pied. Camille aimait porter des tenues de sport noires pour se permettre la fantaisie de les assortir avec des chaussures plus originales. Les jumelles avaient choisi un modèle très coloré, à semelle épaisse « pour un meilleur amorti de la foulée », comme la description les leur avait vendues. Sur le talon, on pouvait lire en lettres discrètes : « Camille, 2 novembre 1987 ».

Enfin, Suzette et Jean avaient pris le temps de réaliser un grand album photo regroupant leurs deux familles à travers le temps. De la naissance de Camille, déjà entourée de ses acolytes de toujours, à ses vingt-cinq ans ce jour-là. La toute dernière photo avait été prise deux jours plus tôt et immortalisait les trois filles en plein fou rire, tandis qu'elles se brossaient les dents. Des clichés comme celui-ci, il en existait plusieurs, comme lorsqu'elles étaient petites et prenaient leur bain, alignées pleines de mousse dans la baignoire. Finalement, le trio âgé de vingt-cinq ans était peu différent de celui de l'enfance.

Camille était heureuse de ce dernier week-end de vacances, entourée de sa famille. C'était un bel anniversaire. Une partie d'elle était déçue que Bassam n'ait pas envoyé de petit mot le jour J… Mais bon, il était lui aussi entouré de ses proches, il devait avoir l'esprit occupé. Et même s'ils s'étaient donné quelques nouvelles, en comparaison avec leurs échanges des derniers mois, c'était vraiment trop peu à son goût.

De retour dans son appartement parisien le dimanche en fin de journée, Camille se sentait bien. Elle vida son sac, mit une lessive en route, prépara son dîner et ouvrit son courrier. Une enveloppe, plus épaisse que les autres, attira son attention. Il y avait du papier bulle dedans. Elle en sortit un petit carton plié en deux, un sachet noir et une seconde enveloppe plus petite. Elle commença par lire le message de son expéditeur sur le carton :

« Joyeux anniversaire, jolie Camille, et comme on dit au Liban, akbal al myeh !

J'espère que tu accepteras mon cadeau.

Je t'embrasse tendrement,

Bassam. »

Du sachet, elle sortit un collier en argent à mailles plates très fines, avec un petit diamant sur le devant. C'était un bijou sobre et très élégant. Dans l'enveloppe, elle trouva un aller-retour pour Naples, valable pour la deuxième semaine du mois de février 2013, dans quelques mois !

Elle tremblait comme une feuille. Non seulement il avait pensé à son anniversaire, mais il lui offrait un cadeau magnifique et faisait un pas audacieux, concret, dans leur histoire : une invitation à se revoir…

Chapitre 13

Naples, début novembre 2012

Elle avait accepté ! Camille utiliserait le billet d'avion qu'il lui avait envoyé et elle lui rendrait visite en février. Bassam flottait sur un petit nuage.

Il s'était torturé l'esprit plusieurs jours, se demandant si cette idée n'était pas trop audacieuse ou précipitée, si c'était vraiment une bonne initiative. Il avait hésité jusqu'au clic final de validation sur Internet. Prudent, il avait pris une assurance annulation, des fois qu'elle refuse, mais il en était certain, s'il ne tentait pas le coup, il le regretterait amèrement. La vie avait mis Camille sur son chemin et, progressivement, dans son quotidien. Il ne savait pas encore où cela le conduirait, mais raison de plus pour ne pas laisser filer une occasion d'être heureux dans ce monde.

Jusqu'alors, leurs échanges n'étaient que virtuels, mais ils constituaient pour lui une source de joie. Il fallait qu'il la revoie en chair et en os, et qu'ils vivent d'authentiques moments tous les deux. Leur correspondance ne rimait à rien si elle ne menait pas à des retrouvailles.

Apparemment, Camille était du même avis et l'initiative de Bassam ne l'avait pas choquée. Ils venaient de terminer un appel vidéo, le premier depuis une dizaine de jours, durant lesquels chacun d'eux avait dû se contenter de brefs messages écrits. Si ce moment-là procurait autant de bonheur à Bassam, comment leurs retrouvailles ne pourraient-elles pas être réussies ?

Durant leur dernier appel, Camille portait le délicat collier que Bassam avait choisi pour elle. Il l'avait aperçu tout de suite derrière ses longues boucles mordorées, et elle ne cessait de jouer avec du bout des doigts. Quant au billet d'avion, elle en était enchantée. Ouf ! La pression qu'il s'était infligée ces dernières semaines retombait.

L'invitation de Camille avait occupé la majeure partie de son esprit… tout comme l'arrivée inattendue de ses cousins en Italie. Lorsque Bassam avait pris l'appel vidéo, le mois dernier, il s'était préparé à dire à Assem qu'il n'assisterait pas à son mariage l'été prochain au Liban. Il savait qu'il attristerait son cousin, ainsi que Hicham et tante Rabab. Ceci dit, il était certain de ne pas être prêt à rentrer au pays, que ce soit pour quelques jours ou pour quelque temps.

Seulement, durant leur communication vidéo, il avait été pris de court par une nouvelle inattendue : Assem et Hicham avaient réservé deux billets d'avion pour Naples et venaient lui rendre visite à la fin du mois d'octobre ! S'il avait su se contenir durant la conversation, rester courtois et ne rien montrer de ses sentiments une fois l'appel terminé, Bassam avait laissé libre cours à sa colère. Oui, il leur en voulait. C'était typiquement un comportement à la libanaise, ça ! « C'est nous : sur-priiiise ! » Sans lui demander son avis ni lui laisser le temps de s'organiser, ils débarquaient du jour au lendemain, sans imaginer une seule seconde que leur présence soit inopportune ou ne lui déplaise. Ils allaient envahir son espace et sa vie sans qu'il ne puisse rien empêcher.

Cette émotion virulente persista quelque temps avant que Bassam ne la dépasse et ne retrouve un peu de raison et d'objectivité. Il vit à ce moment-là les choses sous un tout autre angle. Six années sans s'être vus et voilà qu'ils annonçaient leur arrivée imminente ? Si on lui avait demandé son avis, il aurait sans doute pris le temps de la réflexion avant de leur répondre. Une réflexion énergivore et qui aurait abouti à une réponse négative, sans nul doute. Mais là, il n'avait pas le choix et ses cousins avaient sans doute opté pour la bonne méthode.

Bassam n'arrivait pas à retourner, même pour un court séjour, dans son pays natal. Il ne se sentait pas encore suffisamment fort psychiquement pour fouler sa terre de nouveau. Alors, un peu de cette terre viendrait à lui, un peu de ce qui lui restait de famille là-bas, et après tout, pourquoi les priver de retrouvailles ? Eux qui ne pouvaient se résoudre à rester séparés de lui plus longtemps.

Tante Rabab ne ferait pas le déplacement, elle avait pris de l'âge et n'avait jamais mis un pied hors des frontières libanaises. En dépit de l'amour immense qu'elle portait à son neveu, un tel voyage serait trop éprouvant pour elle.

Cela ne l'avait pas empêchée de préparer trois énormes cartons de provisions et de spécialités du pays pour Bassam. Côté sucré : des baklavas au miel, pistaches et amandes, des *maamouls* fourrés aux dattes ou aux noix, du gâteau de semoule appelé *namoura* que Bassam adorait, ou encore de l'amareddine, la pâte d'abricots. Côté salé : des pois chiches sous vide et du *tahina* pour le houmous, des préparations pour les falafels ou encore des sachets de *makhloutas*, les célèbres mélanges apéritifs de chez Al Rifaï. Tout ce que Bassam aimait parmi les spécialités libanaises. Comme Tante Rabab connaissait bien les habitudes de sa famille, elle avait pensé à la bouteille d'Arak, un alcool aux saveurs anisées que Wajiha servait à son mari les rares jours de fête.

Bassam passa une très belle semaine avec ses cousins. Il n'imaginait pas qu'un tel flot de sentiments l'envahirait lorsqu'il les verrait passer les portiques de l'aéroport. Il était excité durant son attente, regardant défiler les passagers un à un. Il se concentrait pour capter le visage de ses cousins et reconnaître leurs traits parmi les inconnus. Il les aperçut une fraction de seconde avant qu'eux ne le voient. Il reconnut l'air de famille, tout en constatant qu'ils avaient changé physiquement ces dernières années. Assem et Hicham lui firent de grands signes de la main en souriant. Puis, tous les trois s'approchèrent et, après une poignée de secondes hésitantes, se serrèrent vivement dans les bras et se saluèrent longuement, rivalisant d'accolades et d'embrassades.

Ils se regardèrent un long moment, comme pour vérifier que tous étaient bien réels, les mains sur les épaules, formant un drôle de trio. Bassam trouva son cousin

Assem particulièrement svelte et apprêté, moins super-ficiel et artificiellement musclé que sur les vidéos ou dans son souvenir. Visiblement, il s'était assagi, et avait renoncé aux cures de compléments alimentaires et au culte du corps. Sans doute les effets de son mariage à venir. Il fallait dire que Sadouf, sa fiancée, était une véritable beauté. En tout cas, sur les photos, elle lui avait fait forte impression et il avait pensé que, en robe de mariée, elle serait sûrement divine. Le challenge était de taille pour Assem, qui désirait être à la hauteur de sa future épouse.

Hicham, fidèle à lui-même et à son cigare, avait toujours l'apparence d'un vieux mafieux. Ils étaient de nouveau réunis et Bassam avait oublié combien il était bon d'être en famille. Et il y avait si longtemps qu'il n'avait pas parlé l'arabe !

Il leur fit découvrir Naples et la côte amalfitaine. Il les emmena admirer le vertigineux cratère du Vésuve et profita de l'occasion pour penser à Camille. Eux avaient payé un ticket pour monter à bord du bus touristique qui serpentait dans la montagne et les amenait à un kilo-mètre et demi du cratère. Quelle folie de la part des deux vacancières, cet été, de grimper cette route à pied !

Bassam leur raconta l'histoire de Pompéi et d'Ercolano, et leur fit visiter les sites historiques. Ses cousins ne firent pas exception et ressentirent l'émotion qui gagnait tous les nouveaux touristes en ces lieux. L'histoire et ce qu'il en restait sous leurs yeux émus les captivèrent. Le Liban avait les ruines de Baalbek, ville antique de la plaine de la Bekaa, Naples celles de Pompéi. Quelles richesses précieuses de l'Histoire !

Bien sûr, ils goûtèrent au patrimoine gastronomique italien : la pizza et *la pasta*. Bassam était fier d'œuvrer en cuisine pour le plaisir des papilles gustatives de ses cousins.

Il leur présenta la famille de Ghassan, qui les accueillit à leur table pour un dîner italien dans les règles de l'art : antipasti, *primo piatti*, *secondo piatti*, *formaggio*, *dolce e caffè espresso*. On se serait presque cru à Noël avant l'heure !

Les garçons eurent même l'occasion de faire la fête avec les cousins de Gianmarco, qui venaient souvent de Rome pour passer le week-end dans le Napoli bouillant.

Bassam vécut une semaine hors du temps. Lorsqu'ils se quittèrent, les cousins se firent la promesse de ne plus laisser autant de temps les séparer. Cette fois-ci, Bassam ressentit dans cette promesse un peu de vérité. La perspective ne l'effrayait plus. Bien que plus confiant à la fin du séjour, il dut trouver le courage nécessaire d'avouer à Assem qu'il ne viendrait pas à ses noces au Liban. Il se sentit soulagé d'un poids colossal lorsque son cousin accepta sa décision avec empathie. Lorsqu'il serait prêt, Bassam serait accueilli au Liban comme s'il ne l'avait jamais quitté.

Chapitre 14

Paris et Naples, novembre – décembre 2012

À Paris, novembre et décembre annonçaient sérieusement l'hiver. Le ciel était maussade, un peu trop souvent au goût de Camille. Et puis, elle avait froid et, à l'inverse des saisons printemps-été, se lever au milieu de la nuit pour se rendre au travail lui était très pénible. De plus, elle devait renoncer à ses footings matinaux dans les jardins de Paris. Bref, elle sentait son moral piquer du nez en cette période de l'année très chargée. L'équipe de Camille travaillait sous la pression et le stress qui allaient de pair avec les fêtes de fin d'année. Une fois le 24 décembre arrivé, ce ne serait plus à elle de gérer la pâtisserie, et les vacances pourraient démarrer. Elle le savait, il lui fallait s'accrocher et tenir bon.

Heureusement que le début des installations des décorations de Noël dans la ville l'enchantait toujours autant. Paris revêtait son habit de fête et elle adorait cette ambiance. Elle aimait les préparatifs de ces réjouissances de fin d'année. Cela avait toujours été un moment familial très joyeux.

Pauline et elle profitaient de leur temps libre pour faire de grandes balades. Toutes les deux aimaient flâner devant les vitrines décorées et illuminées des grands magasins. Aux Galeries Lafayette et au Printemps, les animations les ramenaient instantanément en enfance. À chaque promenade, un quartier de Paris et ses féeries. La cathédrale Notre-Dame, la place de la Concorde et sa grande roue, le Musée du Louvre ou l'Opéra Garnier, chaque lieu plus beau que le précédent !

Pauline avait réussi à leur obtenir des places pour assister au ballet *Cendrillon* à l'Opéra Bastille. Grâce à son studio de danse, elle était informée des événements artistiques en avant-première et ne manquait pas de partager l'information avec les filles. Elles profitèrent ainsi d'un moment féerique, tout en douceur au cœur de Paris et de son hiver rigoureux.

Cette année, Camille alla même jusqu'au marché de Noël des Champs-Élysées. Non pas en quête de produits du terroir ou de gobelets de vin chaud, mais parce qu'elle avait promis à Bassam de lui envoyer un vrai reportage photographique de la Ville Lumière à Noël. En échange, elle attendait elle aussi de découvrir ce qu'il vivait en Italie et dans quelle ambiance Naples s'immergeait en décembre. Cette fois-ci, s'il s'était agi d'une compétition entre eux, Camille aurait été sûre de l'emporter, aidée de Paris, l'une des plus belles villes du monde.

À Naples, l'atmosphère était un peu différente. Si novembre était encore doux et automnal, décembre s'annonçait par de longues journées pluvieuses qui défilaient tristement jusqu'à ce que le soleil, qui se faisait littéralement oublier, décide d'éclairer à nouveau la ville vers la mi-décembre.

Le roman photographique de Bassam commença par les premiers préparatifs, tels que l'imposait la tradition italienne. Le 8 décembre, jour de l'Immacolata, la fête de l'Immaculée Conception, les Napolitains commençaient à installer leurs crèches de Noël, et à décorer leurs sapins et leurs intérieurs. À cette date, sur la Piazza del Gesù, la Vierge Marie revêtait sa couronne de fleurs. Il se promena longuement via San Gregorio Armeno, la célèbre artère dans laquelle les plus expérimentés des artisans façonnaient leurs figurines et présentaient leurs métiers miniaturisés, ainsi que leurs merveilleuses crèches animées. Ils travaillaient dans cette rue toute l'année, mais, au moment de Noël, l'ambiance y était toute particulière tant les Italiens étaient pieux. Les artisans de la Nativité, comme on les appelait ici, exposaient leurs œuvres et leurs crèches plus détaillées et réalistes les unes que les autres.

Bassam poussa également la porte de quelques églises qui semblaient plus majestueuses et mystiques, elles aussi, à l'approche du 25 décembre.

Du côté de Camille, l'année 2012 se termina dans la plus grande félicité avec la naissance des bébés de Marie et Nino, le 16 décembre. La jeune maman accoucha de beaux garçons robustes et en parfaite santé. Ils n'étaient programmés que pour le 24 décembre, mais ils semblaient avoir entendu la demande de leur maman, fatiguée de sa grossesse et terriblement impatiente de rencontrer ses petits. Le couple demanda à Camille et Pauline de choisir les deuxièmes prénoms de leurs bébés.

Un pour chacune, comme pour créer un lien spécifique avec elles. Nino n'avait pas de frère, il s'en remettait à la soeur et à l'amie de Marie en toute confiance.

Pauline choisirait le prénom du premier bébé et Camille celui du second. Elles avaient été touchées en plein cœur par tant de confiance. Elles se creusèrent la tête, sérieuses et appliquées à leur tâche, à grand renfort de livres des prénoms. Et puis, elles eurent l'idée de transmettre quelque chose de personnel qui tisserait naturellement le lien avec les enfants : leurs propres prénoms. Et ce choix leur ressemblait plutôt bien. Les familles agrandies se réunirent alors autour des jumeaux et burent le champagne à la santé de Théo Paulin et de Titouan Camille.

Chapitre 15

Naples, février 2013

Les premiers voyageurs passaient les portiques. Beaucoup de familles italiennes qui rentraient au pays, visiblement. Bassam trépignait d'impatience. Il avait tenté d'être le plus séduisant possible pour ces retrouvailles. Il portait un jean droit foncé et un pull noir à col châle. Bassam était à l'aise en baskets, qu'il déclinait selon ses styles. Pour aujourd'hui, cuir noir à lacets bleus. Il eut l'impression que l'avion s'était vidé deux fois avant que sa visiteuse n'apparaisse enfin. Elle portait une fine doudoune noire, un jean et une paire de baskets, elle aussi. Elle avait relevé ses cheveux en une haute queue-de-cheval qui laissait tomber ses boucles dorées sur son sac de randonnée, le même que cet été.

Quand elle aussi l'aperçut, elle se mit sur la pointe des pieds et lui fit un grand signe de la main. Elle s'avança vers lui en trottinant presque, un sourire ravageur sur les lèvres. Il avait du mal à réaliser que la plus jolie fille de l'aéroport s'approchait de lui. Comme dans les films, il aurait pu se retourner pour vérifier qu'elle ne souriait pas à un autre type, derrière lui. Il la trouvait encore plus attirante qu'en juillet, et tellement plus belle que derrière l'écran.

Comme s'ils se connaissaient depuis toujours, ils se prirent dans les bras l'un de l'autre. Ces retrouvailles intenses comblèrent le vide des derniers mois. Bassam se perdit dans la chevelure parfumée de Camille. Elle se lova contre lui et tout naturellement, il posa délicatement ses deux grandes mains sur les joues roses de la jeune femme et l'embrassa sur les lèvres. Leur premier baiser fut un instant d'une douceur et d'un naturel sans égal.

– En route ? demanda Bassam, un peu intimidé, en prenant le sac à dos de Camille sur ses épaules et sa main dans la sienne. L'arrêt de bus est un peu plus loin, ce sera le moyen le plus rapide et le plus économique pour rejoindre le centre. Il nous amène au port.

Elle n'avait jamais pris l'avion pour venir ici, car en juillet, Pauline et elle étaient arrivées des Cinque Terre par le train. Le voyage fut rapide. Le port n'était pas très loin du Castel Nuovo, qu'elle reconnut. Si elle ne se trompait pas, en remontant la rue pentue depuis le château, ils rejoindraient le centre historique. Elle savait que Bassam y vivait. Ils ne marchèrent pas très longtemps. En arrivant au Bed & Breakfast, elle fut accueillie par une Livia rayonnante au pas de la porte et par Giuseppina, sa mère, qui se penchait au balcon pour ne pas rater de l'arrivée de la nouvelle venue. En vraie Mamma, elle ne manquait évidemment rien de ce qui pouvait animer le quartier.

— Bienvenue à Napoli, Camille ! s'exclama Livia dans un très beau français aux tonalités italiennes chantantes. Tu as fait un bon voyage ?

— *Maaaa que bellissimaaa !* renchérit Giuseppina au-dessus de leurs têtes.

Cette réplique n'existait donc pas que dans les films. Camille leur adressa un sourire rougissant et leur répondit avec humour, pour donner le change. Mince alors ! Bassam avait parlé d'elle à sa famille adoptive. D'ailleurs, s'il était gêné, cela ne se voyait pas.

Elle discuta quelques instants avec Livia et Giuseppina (qui comprenait très mal le français), les salua chaleureusement et le suivit jusqu'au quatrième étage. Même pour une sportive comme elle, les hautes marches de marbre eurent raison de son souffle.

L'appartement de Bassam était élégant et très propre. Comme tous les logements italiens de ce type, il était doté d'un très haut plafond, avec de grandes fenêtres aux lourds volets de bois foncés. Il disposait d'un vaste et bel espace, d'une grande cuisine plutôt moderne, ouverte sur le salon et la salle à manger. Dans une pièce attenante, on trouvait une grande chambre à coucher, avec un lit double et une armoire gigantesque, travaillés dans le même bois. Au fond, une porte en accordéon devait donner sur une salle de bains. Camille remarqua un pan de mur, à gauche du lit, contre lequel reposait une bibliothèque remplie de livres, très serrés les uns contre les autres. Elle courait du sol au plafond, nantie de nombreuses étagères irrégulières et de guingois. Cela lui faisait un peu penser aux bibliothèques dans les films, richement garnies, celles où l'on se déplaçait avec une échelle ou un escabeau pour atteindre un livre. De loin, elle apercevait des caractères arabes sur tout un rayon. Apparemment, Bassam aimait lire dans les trois langues qu'il maîtrisait : l'arabe, le français et l'italien.

— Ce sera ta chambre pour cette semaine, Camille, dit doucement Bassam dans son dos, tout en posant ses mains sur ses épaules menues.

— Oh, Bassam, tu es adorable, mais tu n'es pas obligé. Je serai aussi très bien installée sur ton canapé, tu sais.

— Ce n'est pas discutable et ça me fait plaisir, tu es mon invitée.

Il lui apporta son sac à dos et lui ouvrit la porte de l'armoire, dont une partie des étagères avait été vidée pour qu'elle puisse y ranger ses vêtements. Elle déballa ses affaires rapidement et s'empressa de rejoindre Bassam dans le salon. Elle avait un petit cadeau pour lui.

— Je voulais te remercier pour cette charmante invitation, dit-elle en lui tendant une petite boîte en fer garnie de macarons français. Je t'ai aussi apporté un livre, j'ai pensé qu'il pourrait te plaire, je crois ne pas me tromper en disant que tu aimes lire, fit-elle en désignant la bibliothèque de la chambre d'un geste de la main.

Tandis qu'il déballait le cadeau, elle poursuivit :

— Il s'appelle *Voir Naples et mourir*, je l'ai trouvé par hasard lors d'une balade sur les quais de Seine chez un bouquiniste. Le titre me disait quelque chose… Dans l'appartement de location, cet été, il y avait un bibelot accroché près de la porte. Une peinture du Vésuve, je crois, avec écrit dessus « *Vedi Napoli e poi muori* ». Le résumé est engageant, ça doit être bien.

Il la trouvait attendrissante et la remercia sincèrement pour ses attentions. Il lui expliqua que ce bibelot était en fait très traditionnel dans l'entrée des foyers napolitains. C'était une façon de dire que Naples est tellement belle qu'une fois vue, le reste n'a aucune importance, on peut aussi bien mourir.

Il approcha son visage de la boîte, pour sentir l'odeur alléchante qui se dégageait des petites gourmandises. D'une certaine manière, il avait l'impression d'en savoir un peu plus sur Camille rien qu'en humant ces desserts de sa confection. Connaissant sa passion pour la pâtisserie, il fut particulièrement touché par ce cadeau très personnel.

Camille expliqua chaque couleur et chaque parfum : gianduja, orange, cacahuètes et framboises sauvages. Ils décidèrent de les réserver pour le dessert.

Il était plus de dix-neuf heures et Bassam proposa à Camille de se préparer, car il voulait l'inviter au restaurant pour leur premier soir ensemble.

Elle avait préparé sa valise afin de parer à toute éventualité. Ce soir-là, elle était vêtue d'une élégante robe rouge. Elle portait ses cheveux lâchés et le collier offert par Bassam. Elle était belle. Son hôte l'attendait dans le salon, assis sur le canapé, sérieux et pensif comme souvent. Elle lui trouvait beaucoup d'allure, vêtu comme il l'était d'une chemise bordeaux, rentrée dans son jean noir.

Curieuse d'en savoir plus sur le restaurant que Bassam avait choisi, elle le bombarda de questions, lui laissant à peine le temps de reprendre son souffle. Lorsqu'elle était venue en juillet avec Pauline, elles avaient surtout mangé sur le pouce et honoré les pizzas. Elle était impatiente de découvrir un peu plus de la gastronomie italienne.

Bassam ne céda pas jusqu'au moment d'arriver dans le restaurant typique qui serait à la hauteur de leur premier dîner. Ils descendirent par la même rue que celle empruntée depuis le port et bifurquèrent à droite. Si Camille ne se trompait pas, en continuant tout droit, ils arriveraient près du Teatro San Carlo, où les filles avaient assisté à un ballet choisi par Pauline.

Le restaurant était élégant, dans les tons rouge et blanc et sur le thème d'*Il pomodorino*, la tomate italienne. L'ambiance était plutôt chic et les clients très apprêtés.

Un serveur vint installer le jeune couple à sa table. Lorsqu'il tira la chaise pour Camille, elle découvrit la forme d'une tomate ronde et de sa grappe, découpée dans le bois du dossier blanc.

Leur table était tout à côté d'un mur peint en rouge, entièrement rempli de bouteilles de vin posées sur des étagères de fer noir. Camille lui tournait le dos et voyait face à elle la baie vitrée qui donnait sur un jardin.

Bassam se demandait bien à quoi elle pouvait songer en découvrant le restaurant. Elle gigotait sur sa chaise, regardant autour d'elle avec la curiosité d'un enfant. Il espérait que le lieu lui plaisait. Comme si elle avait lu dans ses pensées, Camille dit :

– Je suis enchantée d'être enfin près de toi. Tu as eu une bonne idée de nous réunir.

Elle avait à cœur de lui dire, c'était une manière de déclarer un peu de son ressenti, car tous les deux savaient bien qu'il ne s'agissait pas juste de retrouvailles de deux amis de vacances.

– Je ne pouvais plus attendre, répondit audacieusement Bassam en lui prenant la main.

La jeune femme sentit ses joues rosir, et il eut l'habileté de lui tendre le menu pour faire diversion. Elle choisit le risotto aux cèpes et lui les spaghetti *al vongole*. Il adorait les fruits de mer, autant dire qu'il était ravi de vivre au bord de la Méditerranée. Ils se régalèrent, discutèrent de tout et de rien, comme presque tous les jours, mais cette fois sans écran pour les séparer. Entre eux, tout semblait simple.

Ils rentrèrent prendre le dessert chez Bassam. Il servit deux verres de vin blanc *frizzante*, Santa Sofia, et apporta les macarons accompagnés de fruits. Il avait hâte de goûter aux talents de Camille. À force de participer virtuellement à l'élaboration de ses desserts sans jamais pouvoir en manger, il avait fini par ressentir un peu de frustration.

Ils ne se couchèrent pas bien tard. Pudique, Bassam embrassa Camille au seuil de la porte de sa chambre et lui souhaita une belle nuit. Il eut du mal à s'endormir ce soir-là, incapable de cesser de penser à ce qui se passait en lui. Passé le coup de foudre et le stress de son invitation audacieuse, il avait désormais la certitude d'être fou amoureux de la fille qui dormait derrière la porte.

De l'autre côté, prête à se coucher sur son petit nuage, Camille observait son environnement. Elle s'approcha de la fenêtre et regarda la ville s'endormir.

Elle s'assit sur le lit et posa ses yeux sur la bibliothèque. Décidément, ce meuble fragile et bancal lui plaisait bien. Les ouvrages étaient organisés par genre. La bibliothèque s'étirait très en hauteur et les rayonnages étaient serrés. Elle dut se dresser sur la pointe des pieds pour réussir à lire les titres des ouvrages rangés les plus en hauteur. Quelques policiers anglais et français, des romans divers, un dictionnaire franco-italien, des livres traitant de la géopolitique au Moyen-Orient... Adossée contre l'un d'eux, elle trouva une photo froissée et un peu jaunie. Elle s'en saisit. Au centre, on voyait une femme assise sur un canapé en velours noir. Debout, derrière elle, un homme, son mari probablement, tenait délicatement son visage entre ses mains et la regardait en lui souriant affectueusement. À leur droite, deux petites filles, peut-être âgées de huit ou dix ans, vêtues à l'identique. Sans doute des jumelles, difficile à dire. Et tout à gauche, assis à côté de la femme, un adolescent, Bassam, le grand frère, sans doute. Les traits ne trompaient pas, tous se ressemblaient beaucoup. Leurs sourires chaleureux et leur façon de se tenir si près les uns des autres laissaient imaginer une grande quantité d'amour et de tendresse dans cette famille. Dans sa main, la photo tremblait. Qu'est-ce que Camille avait bien pu manquer ? Bassam avait perdu ses parents dans un accident... mais il avait aussi deux petites sœurs... Pourquoi ne lui en avait-il jamais parlé ? Et surtout, où étaient-elles ?

Chapitre 16

Le lendemain matin, Camille se réveilla comme cela peut arriver parfois, désorientée et angoissée, dans un demi-sommeil avec la sensation désagréable que quelque chose la contrariait, quelque part dans un coin de sa tête, mais dont elle ne se souvenait pas. C'était comme une petite boule au ventre non identifiée.

Elle passa en revue les jours de la semaine, son premier repère. C'était le matin, pas trop tôt. L'environnement était différent, à commencer par cette immense fenêtre face à elle, avec ses lourds volets de bois qui laissaient filtrer la lumière froide du soleil à travers les lattes. En tournant la tête à droite, la bibliothèque. Bassam. La photo. Elle se réveilla pleinement cette fois, avec un nœud dans l'estomac qui prit le dessus sur la sensation de légèreté ressentie la veille. Elle se sentait coupable d'être tombée sur le cliché et de l'avoir regardé. Comme si elle avait pénétré l'intimité de son hôte sans sa permission. Elle était inquiète de ce qu'elle ne connaissait pas de lui. Elle ne voulait pas le brusquer par trop de curiosité, mais brûlait d'envie de comprendre.

Pour se rassurer, elle se dit qu'elle le questionnerait le moment venu.

Elle passa par la salle de bains, s'habilla d'un jean décontracté et d'un pull noir en cachemire bien chaud, se parfuma et ouvrit discrètement la porte du salon, par crainte de le réveiller. Elle le vit, de dos, déjà habillé et en train de s'affairer dans la cuisine. L'odeur du café emplissait l'appartement et elle sentit aussi un parfum d'épices. Peut-être les brioches qu'elle voyait sur la table du petit déjeuner. Bassam, qui l'entendit s'approcher, se retourna en lui souriant et la prit dans ses bras. Il lui embrassa le front et lui tira une chaise.

– J'ai préparé le petit déjeuner ! Ce matin, on mange libanais, dit-il, enthousiaste, une assiette à la main.

La jeune femme sourit en découvrant son tablier blanc, qui était recouvert de dessins à l'effigie des spécialités italiennes traditionnelles : *il gelato*, *el caffè*, *la pasta* ou encore la pizza, indiquaient les légendes. Elle se rappelait avoir vu les torchons assortis, dans les boutiques souvenirs du centre historique.

– Tu connais par cœur la *sfogliatella*, je suis même pratiquement sûr que tu la prépares mieux que Giuliano de la Gare centrale, alors…

Camille rit, approuva d'un air entendu et lui réclama des explications sur ce qu'elle allait déguster ce matin. L'odeur qui envahissait la pièce était déjà prometteuse.

– Ce sont des *manaïches* au *zaatar* : c'est un mélange de thym, de sumac, de sésame et d'huile d'olive, sur une pâte à pain oriental, dit-il en désignant une assiette de galettes. Il y a aussi des *manaïches* au fromage, le *halloum*, tu verras, c'est délicieux. Au Liban, on en mange beaucoup et on en trouve à tous les coins de rue. C'est une spécialité très chère aux Libanais.

Pour le côté sucré, il avait préparé du *knéfé* qu'il apporta dans une assiette pour qu'elle puisse humer le plat. Elle saliva devant le fromage coulant sous une croûte dorée au miel et saupoudrée de pistaches.

– C'est ce que je préfère ! commenta-t-il, enthousiaste, avant de lui raconter de quoi était composé le plat pour lui mettre l'eau à la bouche. En fait, c'est le cheesecake de chez nous. C'est le dessert de toute mon enfance, celui de ma mère était merveilleux !

Bassam fut surpris de ce qui venait de lui échapper. Cela avait dû transparaître sur son visage. Lui qui se contrôlait tellement pour éviter ce genre de pensées…

Et maintenant qu'il y réfléchissait, cette envie qui lui était venue de cuisiner et de manger libanais… C'était vrai qu'il s'était dit qu'il attendrait la visite de Camille pour lui faire découvrir un peu de sa culture. Il semblait que l'arrivée impromptue de ses cousins et ce bain oriental qu'il avait pris bon gré mal gré avaient réveillé naturellement quelque chose en lui. Ses racines semblaient vouloir sortir de terre… Son Liban paraissait ne plus accepter de se laisser étouffer.

Mentionner sa mère, comme ça, avec tant de naturel, sans douleur… pas de lame glacée pour lui transpercer le cœur, cette fois. Une barrière était tombée devant Camille. Pour lui, cela avait une très grande importance. Cette fille était spéciale et réveillait en lui des sentiments qu'il ne connaissait plus.

Elle lui adressa un sourire plein de tendresse. Elle avait perçu quelque chose, un malaise, ou une surprise. Cela desserra légèrement le nœud dans son ventre. Bassam devait très certainement être pudique, mais il n'était pas malveillant. Il détenait un secret probablement terrible et douloureux, et elle ne le violerait pas.

Camille le trouvait touchant, tandis qu'il évoquait le gâteau de sa mère, le visage innocent, presque enfantin. Elle ne lui connaissait pas cette expression. En bonne pâtissière, elle savait que les inspirations ou l'attirance pour les arts culinaires émanaient souvent des souvenirs d'enfance.

– J'ai hâte de goûter à tout cela, s'écria-t-elle rapidement pour ne pas laisser la gêne s'installer. Mais dis donc, tu as fait un petit déjeuner pour tout l'immeuble !

Content qu'elle lui donne le change, Bassam répondit qu'il avait plutôt eu l'idée d'un brunch, pour l'emmener en excursion toute la journée.

Ils petit-déjeunèrent copieusement. Camille, gourmande, était ravie de découvrir la cuisine libanaise traditionnelle. Elle trouvait cela délicieux et incomparable à ce qu'elle avait déjà eu l'occasion de goûter. Bassam lui expliqua d'ailleurs qu'il s'agissait d'une cuisine de rue, des plats du quotidien, ceux que les locaux mangeaient sur le pouce, simples et pas chers, généreux comme le sont les Méditerranéens, et savoureux à tomber de sa chaise.

Ils ne firent guère honneur à la gastronomie italienne, cette semaine-là, et mangèrent libanais presque tous les jours. Ils ne firent que quelques écarts à cette règle étonnante en se rendant à la *Pizzeria Giulia*.

Bassam prit beaucoup de plaisir à cuisiner avec son invitée. Ils s'amusèrent de ce non-sens : vivre au milieu des saveurs libanaises et acheter leurs courses dans l'épicerie orientale de Naples, alors même que la ville leur offrait les meilleurs mets du pays.

Quand la mémoire de Bassam lui faisait défaut, il allait questionner Tante Rabab lors de rapides appels, à l'abri des regards de Camille. Il eut aussi l'impression d'être en vacances, dans sa propre ville. La jeune femme lui donnait envie de faire découvrir ses origines. Il avait l'impression qu'en partageant tout cela avec Camille, il apaisait un peu de cette souffrance si lointaine, ancrée dans sa personnalité et son existence.

Camille se montra curieuse et intéressée par les nombreux mézés et plats dont Bassam tenait les recettes de sa mère, et de sa grand-mère avant elle. Il lui proposa même de cuisiner le *moghrabieh* à la mémoire de sa mère. Des billes de blé, du poulet et des épices… autant d'odeurs et de saveurs que de souvenirs. Wajiha. Il lui révéla le prénom de sa mère. Wajiha… le mot franchit ses lèvres un peu plus lourdement que les souvenirs. Nul doute que la blessure demeurerait vive à jamais.

Le séjour prit la tournure d'un rêve pour tous les deux. Il avait commencé fort, par l'excursion sur l'île de Proscida. Par ce temps doux et ensoleillé, pour un mois de février, leur première journée fut délicieuse.

Camille était déjà séduite par la traversée depuis Naples et jusqu'à l'île. La lumière était claire et elle trouva la baie incroyablement belle, vue en hiver. Sur l'île, ils flânèrent dans les rues escarpées et grimpantes. Proscida était plus petite que ses voisines, Ischia et Capri, si célèbre depuis la chanson. Ils furent charmés par le calme et la douceur de vivre de ce coin de paradis. Les maisons revêtaient des couleurs pastel, et plus ils grimpaient, plus le soleil semblait les magnifier de sa lumière.

Ils s'installèrent au cœur d'une petite crique en forme de fer à cheval, seuls sur le sable fin et avec l'eau cristalline pour horizon. Bassam avait tout prévu : une serviette double, une bouteille d'eau, et les macarons de Camille en cas de petit creux. Ils restèrent un bon moment, à discuter et à s'amuser de petits riens. Ils dégustaient surtout le bonheur de se retrouver et le plaisir de se découvrir tant d'intérêts communs : le sport, l'amour de la cuisine et des bons mets évidemment, les romans (policiers pour lui, fictions domestiques pour elle), les États-Unis (où aucun des deux n'était jamais allé ; New York était leur grand rêve), les brocantes, les films sur la piraterie, entre autres, et encore autant de petites choses auxquelles tous les deux attachaient une grande importance.

Il tenta une baignade, mais elle était bien incapable de tremper plus que le bout des pieds dans l'eau, qu'elle trouvait très froide. Elle avait pourtant l'habitude de l'Atlantique.

Bassam soutint que, plus elle se figurait l'eau froide et s'en faisait un supplice, plus elle se refroidirait effectivement en y pénétrant. Camille rejeta cet argument avec pour preuves, sous ses yeux, la chair de poule parcourant la peau basanée de Bassam et ses bras enroulés autour de son corps.

Elle l'attendit à la sortie de l'eau et le réceptionna grelottant dans leur serviette. Elle en profita pour se nicher contre lui, sous prétexte de lui tenir chaud et pour lui voler un baiser du bout des lèvres. Il le lui rendit, et ils restèrent quelques moments ainsi, savourant l'instant.

Sur le ferry du retour, elle s'endormit sur les genoux de Bassam, la journée avait été divine.

Les jours suivants furent tout aussi doux. L'excursion à Proscida avait été fatigante et, le lendemain, ils se levèrent tard, déjeunèrent en ville des *panzerotti*, flânèrent dans les rues commerçantes et terminèrent la journée au cinéma.

Camille eut envie de grimper à nouveau sur le cratère du Vésuve. Elle était vraiment enchantée de découvrir que Bassam aimait le sport et les défis sportifs, comme elle. Il se montra tout à fait endurant lors de leur randonnée. Ils ne passèrent pas par la longue route sinueuse que les vacancières avaient empruntée l'été précédent. Même si c'était un chemin plus sûr et plus évident pour rejoindre le cratère, il était aussi très fréquenté par les voitures et les autobus touristiques, surtout en pleine saison estivale. Bassam s'était renseigné et avait trouvé un vrai sentier de randonnée, plus isolé et nettement plus joli. Pour le rejoindre, au lieu de descendre du train à Ercolano, le trajet sur la ligne Circumvesuviana était un peu plus long, le temps d'atteindre Ottaviano.

Camille redécouvrit le site avec le même émerveillement que pendant l'été. Ce jour-là, ils firent une halte à Torre del Greco, où elle découvrit que le corail et les camées étaient une spécialité locale. Elle acheta une broche à l'effigie de la Vierge Marie pour sa mère qui, sans croire à quoi que ce soit, affectionnait ce type d'antiquités religieuses. D'une manière générale, Nathalie aimait les objets anciens, et son plus grand plaisir était d'écumer les brocantes, aux premières heures du jour, à la recherche de bibelots rares ou de meubles à restaurer. Elle était fière de montrer à son entourage ses derniers ouvrages, un buffet et un fauteuil qu'elle avait poncés, nettoyés et auxquels elle avait rendu leur cachet d'origine.

Un autre jour, ils prirent le train jusqu'au bout de la ligne, à Sorrento, où ils déjeunèrent sur le pouce.

La semaine passa vite et leur bulle de douceur fut une première expérience de vie à deux, dans un contexte de vacances réussies.

Le dernier soir, Camille et Bassam passèrent la nuit ensemble, une nuit pleine de tendresse et dont tous les deux gardèrent un souvenir intime impérissable.

Pourtant comblée, Camille s'endormit soucieuse. Bassam ne lui avait rien dévoilé de ce secret qui semblait le dévorer depuis des années. Elle songeait à la photo qu'elle verrait encore ce soir, en allant se coucher… Sa pudeur le touchait, mais elle était tout de même peinée de savoir qu'il portait un fardeau lourd, sans même l'évoquer. Pour Camille, il était évident que ce secret concernait la famille de Bassam. Quelque chose de bien plus terrible qu'un accident s'était produit dans son passé et l'avait privé de ses parents, et sans doute de ses deux petites sœurs. Lui ferait-il un jour suffisamment confiance pour le lui révéler ?

Chapitre 17

Dans l'avion qui la ramenait en France, Camille se repassa mentalement le film de leur semaine. Elle était sûre d'elle : ce garçon, Bassam, elle en était amoureuse. Les sentiments qu'elle nourrissait pour lui, à la fois excitants et angoissants de puissance et de sincérité, étaient bien loin de l'éphémère amourette de vacances. Cela lui faisait l'effet d'un coup de foudre… à retardement. À retardement, parce qu'en fait, elle ne le comprenait que maintenant : « manifestation subite de l'amour à la première rencontre »… oui, Le Robert avait raison.

Elle avait conscience que, quelques mois plus tôt, Bassam lui était encore parfaitement inconnu. Mais passée la nouveauté des papillons dans le ventre, demeurait aujourd'hui une émotion plus tenace dans son cœur.

Elle aimait sa gentillesse et sa bonne éducation. Il avait une douceur dans la voix lorsqu'il s'adressait à elle, une attitude bienveillante et naturellement pleine de tendresse. Il lui avait confié avoir son petit caractère, surtout si on lui cherchait vraiment des ennuis ou si on l'attaquait frontalement. Ses proches le qualifiaient souvent de tête de mule : par principe, il avait toujours raison, et pouvait se montrer d'une excessive mauvaise foi. Son père lui avait souvent conseillé de se méfier de ce vilain défaut, un trait de caractère cent pour cent Al Jallil et que lui-même avait bien connu et peu maîtrisé.

Bassam avait raconté à Camille une anecdote qu'elle avait eu grand mal à croire. Adolescent, il avait tenu tête à son père, pour la seule fois de sa vie, dans une négociation de couvre-feu de sortie qu'il était en train de perdre. Face à tant d'insolence, son père, doté d'un caractère bien trempé, avait perdu patience et était sorti de ses gonds. Emporté par sa colère, son sang méditerranéen ne faisant qu'un tour, il s'était emparé d'une orange et l'avait lancée de toutes ses forces en direction de son fils, à deux bons mètres de lui pour être certain de ne pas le toucher, évidemment… parce qu'il n'avait pu contenir son émotion ! Bassam avait confié qu'il pouvait encore voir ses yeux lancer des étincelles. Plus que de la colère, son père avait été déçu par l'effronterie de son adolescent.

L'orange avait atterri sur une lampe à huile qui avait éclaté en mille morceaux dans un fracas détonnant. Sa mère avait poussé un cri et pleuré de rage, en colère contre ses hommes et leur bêtise.

Regardant pensivement à travers le hublot de l'avion, Camille n'était ni triste de partir ni nostalgique de la semaine passée. Au départ, elle avait mis le trouble éprouvé l'été dernier sur le compte des vacances, du cadre magnifique et du dépaysement. Bref, un coup de foudre d'été comme il en naît tant à cette époque. Plusieurs mois plus tard, après cette semaine passée ensemble, le doute n'était plus de mise : elle aimait

Bassam et voulait construire quelque chose avec lui. Elle l'aimait et ne voulait plus se satisfaire de cette relation à distance. Tous deux devaient songer à l'avenir, et Camille ne l'envisageait désormais qu'ensemble. Il était temps qu'ils soient réunis sur le même sol. Restait à savoir comment.

Dans les semaines qui suivirent, ils reprirent leur routine un peu frustrante de communication.

Petits messages écrits dans la journée, appels vidéo le soir... La frontière de leurs écrans se faisait de plus en plus épaisse et infranchissable.

De son côté, Bassam s'ennuyait de sa petite Française, elle mettait tellement de vie dans la sienne, si vite accidentée. Cela avait commencé à la minute où il l'avait mise dans l'avion du retour. Il n'avait qu'une envie, revenir une semaine en arrière. Il se sentait perdu, peut-être se rendait-il compte que ses attaches à Naples, si importantes fussent-elles, n'étaient plus une raison suffisante pour rester. Un travail, un foyer, une famille adoptive et quelques amis l'avaient choyé et lui avaient permis de reconstruire sa vie. Mais, même s'il aimait la ville et la culture napolitaine, rien d'aussi important que Camille, désormais, ne semblait plus le retenir en Italie. Il aurait tout aussi bien pu monter dans cet avion avec elle. Et puis, après tout, pourquoi pas...

Combien de fois encore la regarderait-il à travers son écran avant de pouvoir la tenir contre lui... La dernière nuit, ils s'étaient endormis l'un contre l'autre, et Bassam lui avait chuchoté à l'oreille qu'il l'aimait. Il ignorait si elle était éveillée à ce moment-là.

Camille parla de Bassam à ses parents. Elle leur narra la rencontre incongrue sur une terrasse de la baie de Naples, les quelques moments de vacances passés ensemble, avec Pauline. Et depuis, les échanges quotidiens qui rythmaient leur vie.

Elle leur livra tout ce qu'elle savait de lui. Elle leur montra des photos, partagea le bonheur de son idylle. Ses parents accueillirent la nouvelle avec curiosité et sans inquiétude. Ils avaient pleinement confiance en leur fille, et si elle leur en parlait, c'était que les choses étaient sérieuses. Il leur tardait à présent de connaître ce garçon, le premier qu'elle évoquait.

Camille avait les pieds sur terre. Pour avancer dans la vie, il lui était nécessaire d'avoir des projets concrets. Et son projet, c'était Bassam. Elle voulait donner une chance à leur romance, mais pas question de bâtir une relation à distance. Elle ne pouvait pas non plus envisager de séparation. Il leur fallait donc trouver une solution. Et cette semaine napolitaine avait confirmé l'évidence : ils devaient se réunir.

Courant mars, Camille perdit brutalement son grand-père. Papé était grand et solide, mais ne voyait plus très clair. Une nuit, il fit une mauvaise chute dans la salle de bains. Il réussit à appeler sa fille Nathalie ; elle n'eut que le temps de l'embrasser, de lui offrir une présence et de le rassurer dans l'ambulance, avant qu'il ne plonge dans le sommeil éternel. Camille était inconsolable. Elle aimait son grand-père avec une telle force… Depuis qu'elle était enfant, il lui apparaissait comme un héros, vieux mais qui ne vieillissait pas, fort et robuste. Un arbre solide, impossible à déraciner, qui ne craignait ni le temps ni la tempête. En grandissant, l'image de ce Papé costaud était restée. Après la mort de Mémé, le chagrin l'avait affaibli. Les premiers signes de l'âge s'étaient imprimés sur son corps et sur ses traits. Pourtant, son dynamisme était resté intact. Lui qui était un puits de gentillesse et d'amour, un parent précieux… Comment la vie avait-elle pu le lui prendre si vite ?

Tous les mercredis après-midi, vers seize heures, Camille téléphonait à son grand-père, sa tasse et son assiette prêtes. Ainsi, la tradition du goûter qu'ils prenaient ensemble n'avait jamais cessé, même une fois Camille parisienne. Lorsqu'elle était au collège, les mercredis, elle chaussait ses rollers et parcourait les deux kilomètres qui la séparaient de chez ses grands-parents. Elle y déjeunait, faisait ses devoirs avec Mémé et jouait aux cartes ou bricolait avec Papé. À l'heure du goûter arrivaient une large tasse de chocolat chaud et une tranche de gâteau battu. Devenue adulte, lorsqu'elle repassait chez eux, c'était désormais elle qui confectionnait le gâteau traditionnel. Et tous deux souriaient en pensant à cette habitude qu'ils avaient gardée en mémoire de Mémé. Car le gâteau battu était une spécialité picarde et Papé aimait dire que, de Picardie, à l'époque, il avait ramené le gâteau et une jolie petite fiancée, Mémé.

Dans les jours qui suivirent le deuil, la douleur lui déchira le cœur. Elle se sentait amputée d'une partie d'elle-même. Il pouvait lui arriver de pleurer des heures durant. Et lorsqu'elle dut quitter la région, après les obsèques, ce fut comme un nouvel adieu à ce grand-père formidable qu'elle avait tant aimé.

Son père l'avait emmenée à Paris en voiture. Il aimait bien reconduire sa fille chez elle, après un week-end, et

partager un bon moment père-fille. Souvent, ils s'arrê-
taient manger dans un restauroute, toujours le même,
avec, au menu, un sandwich et une assiette de frites.
L'endroit ne payait pas de mine, mais c'était leur petit
instant. Laurent repartait aussitôt et arrivait à la maison
vers minuit. Camille savait qu'il appréciait cette tradition, de temps en temps, et surtout parce qu'au retour,
il dégustait une barre chocolatée, planquée dans la boîte
à gants. Il pensait que ce petit plaisir était secret, mais
sa fille l'avait percé à jour depuis bien longtemps. Cette
fois-là, Camille ressentit ce retour à Paris en voiture
comme une torture. Son père la séparait du nid familial
et la ramenait à la vie quotidienne, loin de son grand-
père. Elle passa le reste de la soirée à pleurer dans son
lit et finit par s'endormir d'épuisement.

Les jours suivants, elle eut même besoin de s'arrêter de
travailler tant elle était éreintée par la tristesse. Pauline
et Marie l'entourèrent du mieux qu'elles purent, par
des moments toutes les trois, ou des après-midis plus
rythmés avec les jumeaux, petits monstres adorables
et pleins de vie. Mais rien n'y faisait… le chagrin était
plus fort.

De son côté, Bassam se savait impuissant, si loin de son
amoureuse et de la peine qu'elle endurait. Il ne savait que
trop bien ce qu'était le deuil. Il s'apercevait bien qu'elle
prenait sur elle et contenait ses émotions lors de leurs
appels vidéo. Elle faisait bonne figure, mais il était à peu
près certain qu'elle devait s'effondrer une fois le clapet de
l'ordinateur rabattu. Elle aimait le retrouver, mais le cœur
n'y était pas. Il la devinait lointaine et esseulée.

Il ne tarda pas à prendre sa décision : le lendemain, il
achetait un billet d'avion pour Paris.

Chapitre 18

Ainsi, à la fin du mois, Bassam rejoignait sa Camille et posait le pied en France pour la première fois de sa vie.

Leurs retrouvailles les comblèrent de félicité. Elle, affaiblie par la peine, était emplie de gratitude face à son dévouement et sa gentillesse, et lui, simplement heureux de la tenir contre son cœur. Elle s'apaisa instantanément dans l'intimité de ses bras. Enfin, elle pouvait lâcher prise émotionnellement. Enfin, elle pouvait partager le fardeau de sa peine, même si ce deuil n'était pas celui de Bassam. Et le jeune homme sentait qu'il était capable de soutenir Camille, même si cela ravivait en lui des souvenirs douloureux.

Le réseau de transports parisiens en guise de premier contact étant plutôt rude, Camille alla chercher Bassam en voiture avec ses amies. Aussi, il eut le plaisir de retrouver Pauline et de rencontrer Marie, sa copie conforme, qui conduisait fièrement son 4x4 familial. Elle les déposa directement chez Camille, leur rendant rapidement leur intimité.

Il trouva très petit, mais accueillant, le cocon de sa belle. Les immeubles haussmanniens étaient majestueux de l'extérieur, mais si étroits et intimes à l'intérieur. Bassam fut impressionné par la cuisine américaine de Camille, ses trois robots pâtissiers et ses deux étagères murales remplies de casseroles, moules et autres ustensiles en silicone.

Elle lui expliqua, non sans une lourde émotion, que c'était Papé qui avait fabriqué sa cuisine. Il avait tout élaboré et construit de ses mains bricoleuses. Il avait réfléchi l'optimisation de l'espace pour le rendre fonctionnel, bricolé ses étagères sur mesure, et encastré au millimètre près ses appareils ménagers.

Camille le revoyait, dans sa grande salopette orange de bricoleur, sa caisse à outils vert sapin aux étages largement achalandés dans une main, et la mallette noire de sa précieuse perceuse dans l'autre. C'était bien simple, même quand sa cuisine fut définitivement terminée, Papé venait toujours en visite à Paris muni de ses outils, juste au cas où.

Et cette voiture ! Elle s'en souvenait bien, même s'il s'en était séparé quelques années auparavant, parce qu'elle y avait inventé un petit jeu lorsqu'elle était enfant. Un souvenir qu'elle partagea aussitôt avec Bassam.

Assise à l'arrière de la Citroën Xantia, Camille descendait le large accoudoir du milieu et s'allongeait sur son siège, en posant sa tête dessus. Installée de la sorte, elle ne voyait plus que le ciel à travers le pare-brise. Elle s'imaginait alors que Papé ne conduisait pas une voiture, mais une soucoupe volante à la découverte du ciel. Elle prêtait des histoires rocambolesques aux formes des nuages le jour, tandis que la nuit, les étoiles la berçaient de poésie. Un jour qu'il l'amenait en week-end dans le chalet d'un couple d'amis, il s'était aperçu, une fois arrivé devant la porte d'entrée, qu'il en avait oublié le trousseau de clés. Amusé plus qu'agacé, il avait fait demi-tour direction la maison, lui offrant un aller-retour supplémentaire dans la soucoupe volante !

Camille avait beau n'avoir plus huit ans depuis longtemps, la peine de savoir qu'elle ne remonterait jamais dans la soucoupe volante de son grand-père était infinie.

Après un rapide tour du propriétaire et un café bien chaud, elle proposa à Bassam de remettre à plus tard la découverte de Paris et de monter dans un train direction la campagne tourangelle, chez ses parents. Il restait en France dix jours, et elle souhaitait qu'il rencontre Laurent et Nathalie. Depuis la mort brutale de Papé, elle avait ardemment besoin de retrouver son écrin familial. Elle était rentrée seulement pour l'hommage à son grand-père, et le retour avait été violent. Maintenant, elle voulait se ressourcer auprès des siens, et cela incluait désormais Bassam.

À la campagne, le jeune homme fut chaleureusement accueilli par la famille de Camille. Ils dînèrent d'un poulet basquaise, d'un copieux plateau de fromages, qui permit à Bassam de se découvrir une passion pour le Comté, et d'un moelleux gâteau aux pommes à la russe, recette héritée de Mémé. Nathalie et Laurent se montrèrent hospitaliers et attentionnés. Ils s'intéressaient à lui et à son histoire personnelle, le questionnaient et se montraient curieux d'en connaître le plus possible. Le père de Camille, en particulier, le questionna sur les raisons de sa venue à Naples, et donc celles de son départ du Liban.

Laurent s'intéressait à la géopolitique du Moyen-Orient, mais ne connaissait pas bien l'histoire de ce tout petit pays. Il se souvenait vaguement du conflit de juillet 2006, notamment des informations qu'il avait entendues à la télévision ou lues dans les journaux. Il était curieux d'en apprendre davantage, et avoir Bassam à sa table, directement concerné pour avoir vécu le conflit de l'intérieur, éveillait en lui une curiosité sincère qu'il espérait peu intrusive.

Malgré son tact et sa bienveillance, Laurent ne se doutait absolument pas du gouffre émotionnel dans lequel il plongeait le jeune homme. Bassam ne refusa pas de répondre à ses questions, mais resta tout de même évasif dans ses propos. Un peu comme un professeur qui transmettrait une leçon d'histoire à ses élèves. Il parlait sans affect, et avec toute l'objectivité possible dans sa situation. Il décrivit le contexte historique et politique, verbalisa les faits et donna à Laurent quelques détails sur la vie au Liban à cette période. Il ne s'étendit pas outre mesure sur la perte de ses parents, évoqua un accident et une période très difficile de sa vie, toujours douloureuse aujourd'hui. Il ne mentionna pas d'autres membres de sa famille. Camille l'écoutait, le cœur en miettes. Elle songeait aux fillettes de la photo, dans sa chambre napolitaine. Qui étaient-elles ? Les avait-il perdues, elles aussi ?

Bassam parvint finalement à expliquer son parcours. Il raconta qu'il avait quitté Beyrouth en 2008, deux ans après la guerre des trente-trois jours. Il avait envie de voyager, car il ne se sentait plus à sa place au Liban, surtout sans ses parents. Il voulait avancer dans la vie, sans se sentir retenu et prisonnier d'un pays en pause et constamment soumis à la pression d'une menace ennemie. Il n'était pas facile d'imaginer un avenir stimulant au Liban…

Laurent lui demanda, naïvement, s'il retournait parfois au pays. La question engendra immédiatement une légère tension, contrastant avec l'atmosphère chaleureuse du dîner. Quelques secondes s'écoulèrent, le temps pour Bassam de trouver les mots justes et de formuler sa réponse. Il regarda Laurent de ses yeux noirs perçants et lui répondit qu'il ne parvenait pas à retourner dans le pays où ses parents n'étaient plus et où il avait le sentiment que la guerre avait injustement détruit ses racines.

Touché, Laurent leva son verre de vin rouge et soutint le regard de Bassam avec toute l'empathie dont il était capable : « À tes parents », dit-il avant de boire une gorgée.

Après le dîner, ils s'installèrent dans les confortables canapés en cuir blanc du salon, autour d'une tisane et de chocolats, devant le feu de cheminée qui ronflait dans l'âtre. Bassam apprécia beaucoup cette ambiance campagnarde qu'il ne connaissait pas et qu'il trouva très apaisante.

Laurent et Nathalie étaient des gens humbles et profondément gentils. Il se sentit assez rapidement à l'aise auprès d'eux et leur bienveillance le toucha tout particulièrement. Eux aussi traversaient un adieu douloureux et, par égard pour leur invité, ils n'en montrèrent rien. Cette soirée réchauffa le cœur de chacun.

Le couple dormit dans la coquette chambre d'amis du bas. Bassam avait l'impression d'être reçu dans une maison d'hôtes tant l'espace était vaste et joliment décoré. Malgré tout, il était un peu gêné. Il avait compris que les parents de Camille étaient des gens aisés. Lui qui avait toujours vécu dans la modestie, auprès d'un père et d'une mère qui se serraient la ceinture, voire se privaient pour que leurs enfants ne manquent jamais de rien, il n'avait pas l'habitude d'être reçu dans ces conditions.

Lorsqu'il était petit, peut-être âgé de dix ou onze ans, il se souvenait que Zeina, sa plus jeune sœur, était tombée malade. C'était l'appendicite. Une ablation de l'excroissance avait été programmée en urgence. Seulement, la pauvre fillette avait contracté deux infections bactériennes coup sur coup, à quelques semaines d'intervalle, des suites de l'opération. Son père était alors parti presque trois mois en Arabie Saoudite, pour travailler sur des chantiers bien mieux payés qu'au Liban. Il était revenu, amaigri et épuisé, mais avec suffisamment d'argent pour effacer la dette causée par les soins médicaux de Zeina. C'était dire comme la vie pouvait parfois être très rude pour eux, au Liban. Accueilli aujourd'hui dans la maison d'enfance de Camille, Bassam prenait la mesure des vies si différentes qu'ils avaient vécues. Une enfance dorée pour elle, plus rugueuse pour lui, heureuse dans les deux cas. Leur rencontre sur les chemins de la vie et leur union prenaient une dimension toute particulière.

De son côté, Camille, sensibilisée par le deuil qu'elle vivait, l'arrivée récente de Bassam, les présentations à ses parents et le bonheur de les retrouver, s'effondra au moment où ils se retrouvèrent seuls tous les deux. Il ne sut comment réagir, sinon par la tendresse, en la prenant dans ses bras et en la serrant contre lui. Elle lui apparut si petite et si fragile, elle qu'il connaissait si pétillante et joyeuse. Ils finirent par s'endormir enlacés, Camille un peu plus calme, Bassam comblé.

Le lendemain, ils petit-déjeunèrent avec les parents de Camille, qui avaient mis les petits plats dans les grands pour recevoir leur invité. Viennoiseries fraîches, pain et confitures maison, salade de fruits et même du jus d'orange pressé par Laurent ; lui qui s'agaçait si rapidement sur ce « foutu presse-orange qui ne fonctionne qu'une fois sur deux ». Camille le taquina à ce sujet et déclara qu'elle exigerait désormais le même accueil à chaque visite, avec ou sans Bassam.

Après le petit déjeuner, ils se lancèrent dans une course à pied libératrice, dans la forêt voisine. Le paysage, si différent des panoramas italiens, plut beaucoup à Bassam. Dénudés par l'hiver, les arbres restaient grands et protecteurs et le soleil filtrait à travers leurs branches, éblouissant. Le printemps reprenait doucement ses droits, se manifestant poétiquement par le chant d'un oiseau ou la naissance d'un bourgeon sur une branche. Mais la lumière de la campagne était encore claire et le froid toujours saisissant.

Camille se sentit vidée après leur effort ; c'était précisément ce qu'elle recherchait dans l'intensité de la course à pied. Elle était dévorée par le chagrin et avait besoin que son corps ressente ce que son cœur vivait. Bassam et elle partageaient définitivement le goût du sport, et cela l'emplissait de joie. Il ne semblait pas étonné qu'elle se déchaîne dans ses foulées, portée par l'adrénaline et les endorphines, et il la suivait aisément.

Ils déjeunèrent tous ensemble dans une brasserie du centre-ville et visitèrent Tours. Bassam put ainsi avoir accès à une partie de la vie de Camille : son école primaire, son collège, son lycée, leur ancienne maison dans un quartier chic de la ville… Tours lui apparut tel qu'il l'imaginait lorsqu'il essayait de se figurer une ville française typique. L'artère commerçante principale, qui remontait derrière la mairie, était vaste et agréable à traverser, bien que fréquentée en ce vendredi après-midi. En comparaison des rues chargées du centre historique de Naples, la grandeur et la lumière contrastaient ici. Il tomba sous le charme des vieux quartiers, connus pour leurs hautes maisons à colombages.

Pour la soirée, les parents de Camille attendaient ceux des jumelles, qui prenaient la route depuis la Bretagne pour venir passer quelques jours en leur compagnie. Pour Bassam, cette rencontre fut l'occasion de constater à quel point les parents des jumelles étaient les copies conformes de ceux de Camille. Les quatre réunis formaient un ensemble saisissant et il fut touché par l'amitié qui les liait. Il se demanda si le trio Camille-jumelles était fait de la même étoffe… Sans doute, à en juger par ce qu'il connaissait de la relation entre Pauline et Camille. Celle-ci souriait et paraissait plus calme. Elle était naturelle et dans son élément parmi eux. Bassam était rassuré de la voir passer un bon moment.

Ce soir-là, en se glissant dans les draps et en prenant Camille tout contre lui, le jeune homme se décida à lui livrer toute la vérité sur son histoire. Il était prêt. Quoi qu'il en coûte, il avait décidé de lui dévoiler son effroyable secret. Il en avait besoin, il ressentait maintenant une envie presque pressante de lui parler. Lui aussi désirait lui présenter sa famille aussi sincèrement qu'elle l'avait fait au cours du week-end. Alors, il se redressa et s'assit au bord du lit. D'abord, il lui tourna le dos pour trouver le courage nécessaire, puis, enfin, articula les premiers mots de son histoire.

Chapitre 19

— Cette nuit du 30 juillet 2006, Assem et moi étions à Tyr où je passais l'été avec mes cousins et Tante Rabab, comme chaque année. Cela me changeait de notre campagne. La ville libanaise m'offrait une certaine forme de liberté. Éloigné de mes parents, de Rima et Zeina, mes jeunes sœurs, j'étais heureux de pouvoir ne penser qu'à moi durant ces quelques jours. Tyr avait perdu son air touristique à cause de la guerre qui martyrisait le Liban depuis dix-huit jours. Nous profitions de quelques rares moments d'accalmie pour nous changer les idées. J'étais adolescent et tout ne m'était pas permis, mais je prenais goût à chacune de ces joies nouvelles. La vie était précieuse.

Ce soir-là, Assem et moi avons retrouvé des amis chez l'un d'eux. Nous n'avons pratiquement pas fermé l'œil de la nuit, avons joué aux cartes, discuté, dansé, ri, et je peine à le dire, mais nous nous sommes amusés comme jamais ! Nous sommes rentrés à l'appartement à plus de trois heures du matin et, à dix heures, Assem m'a tiré de ce qui devait être le dernier véritable sommeil paisible de ma vie.

Quand j'ai ouvert les yeux et que j'ai vu son visage grave, mon cœur a raté un battement. Tante Rabab se tenait derrière lui, sur le fauteuil rayé de la chambre d'amis, qu'elle chérissait tant. Elle pleurait à chaudes larmes, la tête entre ses mains. J'ai compris tout de suite que quelque chose s'était produit.

Assem, visiblement incapable de parler, m'a tendu le journal. Mon regard a balayé la une sans trop la comprendre. Alors, mes yeux se sont écarquillés devant la photographie de ce qui restait de notre immeuble, à Cana al Galil. Je me souviens encore de la légende de la photo. Elle expliquait comment la roquette avait littéralement éventré la structure du bâtiment et causé son effondrement instantané. Malgré les ruines amoncelées et la poussière grise, je reconnaissais sans peine un pan de mur et son papier peint rose, qui tapissait hier encore la chambre de mes petites sœurs.

Je n'oublierai jamais le titre : « Cana al Galil encore frappée : 20 ans après, le cauchemar continue. »

Je me souviens m'être levé d'un bond, fou de chagrin, pleurant, hurlant à m'en déchirer les cordes vocales. J'ai attrapé Assem par les épaules et l'ai secoué pour qu'il me dise s'ils étaient vivants. Il n'en savait rien… Son frère aîné, Hicham, a dû intervenir pour me contenir, le temps que je me calme.

Ensuite, nous sommes partis tous les trois pour Cana, en voiture. Dehors, nous entendions siffler les roquettes… Une fois arrivés, nous avons constaté que la Croix-Rouge libanaise se trouvait déjà sur place, fouillant les décombres à la recherche de corps. Trois gisaient déjà sous un linceul blanc. Un homme m'a empêché d'avancer davantage. J'ai dû justifier de mon identité pour pouvoir m'approcher des cadavres à identifier. Ce n'était pas ma famille.

Je ne saurais te dire combien de temps s'est écoulé ensuite, quelques heures, quelques jours, une semaine peut-être… Je tenais debout, porté par l'espoir, si infime soit-il, de retrouver mes parents et mes sœurs sous les gravats, vivants. Je ne pouvais ni manger ni dormir. Assem me forçait à boire de l'eau. Le soleil brûlant ralentissait notre rythme de recherche et la tête me tournait souvent.

Neuf corps seulement furent retrouvés. Quand j'ai reconnu la djellaba de ma mère, mon cœur s'est brisé en mille morceaux. Je me souviens m'être écroulé sans ressentir la douleur provoquée par le choc de mes genoux sur les cailloux coupants. J'ai toujours les cicatrices.

Ce même jour, nous avons retrouvé Rima et Zeina. Leurs petits corps tuméfiés étaient méconnaissables, complètement écrasés sous les kilos de gravats. Je n'aurais pas pu les identifier si elles n'avaient pas porté leurs puces d'oreilles en forme d'étoile et de lune, une chacune qu'elles s'étaient partagées pour leurs anniversaires, à quelques jours d'intervalle au mois d'avril.

J'ai souvent revu leurs visages mutilés en rêve, à tel point que je craignais de ne plus jamais pouvoir me souvenir de leurs visages réels, de leurs yeux, de leurs sourires…

Ce jour-là, j'ai cru mourir de douleur. Mon cœur était en miettes et mon corps paraissait ne plus pouvoir supporter ce supplice.

Quelques jours après, j'ai aidé un ambulancier à identifier le dernier corps, celui de mon père. Il était mort durant le trajet qui l'amenait à l'hôpital de Jabal Amel à Tyr.

Après cela, les événements sont un peu confus dans mon esprit. Nous sommes retournés à Tyr. Le médecin de la famille de Tante Rabab m'a prescrit des tranquillisants et des somnifères puissants. J'ai beaucoup dormi. J'alternais des phases de sommeil profond et des moments de cauchemars terrifiants… À l'extérieur, la guerre faisait rage, à l'intérieur, j'étais hanté par les corps sans vie et le manque dévorant des miens.

Alors, Camille vit les épaules de Bassam s'affaisser lentement. Il avait tout livré.

Chapitre 20

À la fin de son récit, Bassam se rendit compte qu'il dégoulinait de sueur. Son visage était baigné de larmes. Avec son cœur, c'était la blessure jamais cicatrisée qu'il venait de rouvrir.

Camille s'était rapprochée de lui sans lui faire face pour ne pas le mettre mal à l'aise, et elle avait passé un bras autour de ses épaules, l'agrippant fermement, comme pour l'empêcher de s'effondrer. Elle aussi avait les yeux humides et les joues mouillées.

Il termina en lui confiant que jamais cette histoire n'avait pu franchir ses lèvres, et qu'il l'avait gardée tout ce temps-là enfouie en lui, comme une pénitence. Lui qui avait survécu. Lui qui aurait dû être avec les siens et périr cette nuit-là.

Depuis quelque temps, il ressentait que les mots de son récit se faisaient plus pressants, comme s'ils demandaient à sortir et à être entendus. Il devait redonner vie à la mémoire de sa famille en parlant d'elle. Après tant d'années à leur survivre, il avait envie de profiter de la vie et de ce qu'elle pouvait désormais lui offrir de beau.

Il savait qu'il était prêt et que cela était incompatible avec ce secret qu'il étouffait en lui. Même si cela paraissait égoïste. Même si la douleur était épouvantable.

Alors, en mémoire de ses parents et de ses petites sœurs, il choisissait désormais de leur redonner leur juste place. Ils semblaient reprendre vie derrière ses mots. Il franchissait une nouvelle étape dans le long cheminement de son deuil.

Camille eut beaucoup de mal à trouver le sommeil cette nuit-là. Bassam lui avait tout raconté de sa famille, leur mode de vie, certains traits de leur caractère, leurs habitudes, la vie parfois rude dans leur petit village du Sud-Liban. La constante dans son récit était l'amour et les liens familiaux profonds entre tous.

Il évoquait sa mère avec douceur et elle imaginait sans mal cette femme paisible et généreuse… généreuse comme sa cuisine. C'était elle qui avait transmis cette passion à Bassam et qui lui avait appris à cuisiner. Il était honteux et gêné, désormais, de ne plus se souvenir de ses recettes par cœur… C'était comme si elles étaient enfouies très loin dans sa mémoire, sans qu'il ne puisse les retrouver pour le moment.

Bassam était proche de son père, un homme courageux et dévoué à sa famille. Il était maçon et travaillait très dur, tous les jours excepté le dimanche pour profiter des siens. Son père avait beaucoup d'humour, ce qui lui permettait de masquer une culture pauvre. Il n'avait jamais pu faire d'études, avait acquis son expérience auprès de son propre père et de ses oncles. Aussi, il s'était battu pour que ses enfants aillent à l'école, poursuivent leurs études et obtiennent leurs diplômes du premier coup.

Camille apprit ainsi que Bassam avait été inscrit à l'université. À l'époque, il souhaitait enseigner. Il regrettait aujourd'hui de n'avoir pu donner cette satisfaction à son défunt père. La vie avait pris une autre tournure…

En ce temps-là, Bassam prenait soin de ses jeunes sœurs. Il les aidait dans leurs devoirs, les emmenait au cinéma ou se balader, il passait son temps à les taquiner jusqu'à les faire hurler de rire, ou hurler tout court. La plus âgée de ses sœurs se prénommait Rima, comme la chanson traditionnelle de Fairuz. Son père fredonnait tout le temps cette berceuse, quand Bassam avait du mal à s'endormir ou qu'il faisait de mauvais rêves. Il l'avait lui-même entendue de sa mère, étant bébé. Le père de Bassam avait toujours dit que s'il avait un jour une fille, il l'appellerait Rima.

> « *Yalla tnam yalla tnam,*
>
> *ladbahla tayr el hamam,*
>
> *rouh ya hamam la tsadé am*
>
> *nedhat aa Rima tatnam* »

Sa sœur cadette s'appelait Zeina comme leur grand-mère maternelle. Les petites, « *zghiré* », comme il les avait appelées, étaient deux jolies filles aux yeux clairs qui contrastaient avec leur peau mate. Elles portaient les cheveux longs jusqu'au bas du dos, brun foncé, lisses et soyeux. Toutes les deux étaient fusionnelles et malgré leurs trois ans d'écart, elles passaient leur temps ensemble.

Bassam avait raconté à Camille le récit de cette nuit d'enfer en se basant sur les faits rapportés dans les journaux, mais aussi, et surtout, sur ses propres souvenirs du traumatisme, parfois embrouillés. Certaines parties de son histoire avaient été atrocement difficiles à raconter. Les mots se bousculaient dans sa tête, mais refusaient de s'articuler dans sa bouche. Ils restaient coincés dans sa gorge, nouée par une boule de sanglots. Sa respiration s'accélérait par moments, et il était submergé par des bouffées d'angoisses impressionnantes qui l'empêchaient de continuer. Il pleurait silencieusement et son corps était secoué de convulsions qu'il calmait en inspirant profondément, la main sur le ventre.

Il avait réussi à livrer l'essentiel à Camille. Elle n'était pas intervenue, seul un contact physique avait maintenu leur lien durant son monologue.

Choquée et terriblement touchée par les confidences de Bassam, elle avait pourtant trouvé la force de le soutenir pour qu'il puisse s'endormir plus paisiblement après avoir revécu le drame de cette nuit de juillet 2006.

Il était très tard, mais elle ne trouvait pas le sommeil. Jamais elle n'aurait imaginé pareille horreur. Dans sa tête repassaient sans cesse les images qu'elle s'était construites en écoutant Bassam. Elle avait du mal à imaginer la brutalité de la frappe et les ravages que pouvait faire un missile lancé sur un immeuble. Elle avait plus généralement l'impression de ne pas se figurer la violence de cette guerre, fugace dans l'histoire, mais irréversiblement destructrice et meurtrière. Trente-trois jours, disait-il. Et une fraction de seconde qui avait ruiné sa vie.

Camille imaginait le calvaire qu'il avait dû vivre ensuite. La recherche folle des corps de ses proches, l'adieu brutal, et l'envie de disparaître qui l'avait submergé des jours durant. Penser qu'il avait souhaité mourir lui était insupportable. Imaginer son cadavre avec les autres, ce jour-là, lui faisait mal au ventre, elle sentait son estomac se tordre et les larmes flouter sa vue.

Elle avait l'impression de mieux connaître l'homme qui dormait à côté d'elle. Tel était donc ce secret qui le rongeait, ce secret qui le rendait si humain, si vulnérable et si fort. Elle finit par s'endormir, la photo jaunie de la famille de Bassam flottant devant elle.

Cette nuit-là, Bassam fit un rêve rare et précieux. Dans le salon de l'appartement de Cana al Galil, sa mère lui demandait d'apporter le grand plateau en argent pour le dessert. C'était sans doute un dimanche, car son père était présent et dormait sur le fauteuil, son bonnet sur la tête, enfoncé jusqu'au-dessus des oreilles. Ses sœurs étaient dans l'appartement, mais il ne les voyait pas. Dans l'air, ça sentait bon le café à la cardamome et les *atayefs*, ces crêpes fourrées à la crème de lait et aux pistaches. Il portait le plateau de service, mais ses mains tremblaient de façon incontrôlée. Car le sol tremblait aussi ; les vibrations étaient brutales et il les ressentait dans chaque muscle de son corps. Sa vision se troublait. Les murs vibraient, le sol grondait. Bassam avait peur. Ses parents, eux, ne bougeaient pas du tout. Ils le regardaient en souriant, très tranquilles. Il fit tomber le plateau et les tasses de café éclatèrent en mille morceaux sur le sol. Alors, sa mère, qui ne semblait pas ressentir le tremblement, s'avança jusqu'à lui, prit son visage dans ses mains et l'embrassa tendrement sur chaque joue. Il crut entendre quelque chose qu'elle murmurait à son oreille. Il se concentra très fort sur ces mots, mais ne put rien en saisir.

Puis, il fut tiré du sommeil brusquement, avec la sensation que son corps était propulsé dans les airs, ses membres désarticulés, aussi fragiles que des plumes, gesticulant en tous sens. Le souffle d'une explosion sans aucun doute…

Il ouvrit les yeux, se redressa dans le lit de la chambre du bas. Camille était levée, l'horloge murale indiquait onze heures trente. Un cauchemar ? Le rêve lui avait paradoxalement paru doux et agréable à vivre. Ce n'était rien comparé aux scènes de violence et de massacres qui avaient si souvent hanté ses nuits. Le bruit entendu était celui des volets qui claquaient, à cause des bourrasques au-dehors.

Il se réveilla ainsi, dans cette réalité, en France, le cœur serré après avoir passé ce moment auprès des siens. Des cauchemars, il y en avait eu presque toutes les nuits, mais ce rêve était le premier où il pouvait voir leurs visages. Il était reconnaissant d'avoir fait ce songe, dans lequel il avait trouvé plus de beauté et de douceur que de douleur. Il se réveillait toujours orphelin, mais peut-être, à l'avenir, ferait-il moins de cauchemars.

Chapitre 21

La semaine à Paris passa bien trop vite au goût de Camille et Bassam. La jeune femme lui fit découvrir la ville en long, en large et en travers. Il tomba définitivement amoureux des fromages français, et fut fasciné par le nombre de fromageries, boulangeries, pâtisseries, charcuteries et autres petits commerces de quartier qui foisonnaient dans la ville.

Il adora le Jardin des plantes, et soutint à Camille que c'est dans celui-ci qu'elle aurait dû prendre sa photographie lors de leur petit concours photo de course à pied. Ils visitèrent la Ménagerie et la Grande Galerie de l'Évolution, qui fit l'admiration de Bassam. Il était comme un enfant, aux anges devant les squelettes de dinosaures et les reconstitutions, si réelles, de la faune sauvage. Ils discutèrent alors du film *Jurassic Park*, qu'elle connaissait par cœur, mais dont Bassam n'avait jamais entendu parler. Le soir même, ils dînèrent autour d'un plateau de fromages et d'une baguette dans le pur cliché français. Ils dégustèrent du bon vin en regardant le premier épisode de la saga, dont Camille possédait évidemment la collection.

Durant le séjour, Camille eut l'idée d'une excursion à Versailles. Ils louèrent une voiture pour deux jours, et partirent un matin. Ils passèrent la journée dans le monde de Louis XIV, entre le château et les jardins, que Bassam, qui ne les connaissait pas, découvrit avec intérêt. Ils dormirent dans un hôtel charmant, tout à fait assorti au thème du Roi Soleil.

L'établissement était situé tout à côté du château et la décoration en était librement inspirée. Leur chambre était entièrement tapissée d'une toile de Jouy bleue, décorée de tableaux aux montures dorées et garnie d'un mobilier assorti. Pour le dîner, Camille invita Bassam dans un restaurant libanais situé dans un bourg voisin et tenu par une famille. Elle en avait lu d'excellents commentaires et, en effet, ils se régalèrent. La jeune femme avait eu envie de faire plaisir à son invité, et son but fut pleinement atteint.

À Paris, Bassam demanda naturellement à découvrir la pâtisserie dans laquelle travaillait Camille. Il fut impressionné de contempler dans la vitrine la création du mois. Signée de la main de Camille, « le quatre heures » représentait un bel hommage à son grand-père.

Même si elle avait eu besoin de quelques jours de pause pour reprendre des forces, la pâtissière n'en avait pas pour autant délaissé sa mission. Ce mois-ci, elle proposait une élégante brioche en forme de nuage, posée sur un fin socle de chocolat au lait incrusté d'écorces d'oranges confites. Sur le dessus étaient pochées de délicates larmes de chantilly, et quelques cristaux de sucre complétaient le décor en donnant du relief au cumulus. En croquant dedans, Bassam reconnut la fleur d'oranger. Tout en simplicité et humilité, Camille proposait ce mois-ci un goûter réconfortant, un plongeon gourmand en enfance. Elle lui avait expliqué s'être inspirée de la tarte tropézienne, célèbre dans le sud du pays.

Forts de ce deuxième séjour passé tous les deux, Camille et Bassam sentaient que leur relation prenait un sérieux tournant. La séparation à la fin de la semaine était inévitable avec le retour de Bassam à Naples et la perspective d'une correspondance à distance frustrante ne les enchantait guère. Sur la même longueur d'onde, tous les deux s'accordèrent pour se réunir dans un même pays. Cela pouvait sembler prématuré dans n'importe quelle relation de couple. Mais dans leur cas, quel pouvait être l'entre-deux ? Ils étaient soit séparés par la frontière franco-italienne, soit réunis dans le même appartement. Difficile de trouver un juste milieu…

Ils envisageaient plutôt la France. Bassam aimait l'Italie, mais n'y avait pas de racines. Il était reconnaissant d'avoir trouvé un pays qui l'avait accueilli et lui avait permis de se reconstruire et de continuer à vivre. Il le quitterait donc, mais sans le fuir cette fois, et rien ne serait irréversible, car il y trouverait toujours une famille. D'autant plus qu'il rejoignait la France pour une raison brune et bouclée nommée Camille, promesse peut-être d'une vie heureuse à deux. Le jeune homme n'avait rien à perdre, tout à gagner. Si une décision devait être prise, il se sentait prêt.

Camille connaissait maintenant son histoire, elle savait qu'il pourrait s'installer ailleurs sans que ce soit aussi douloureux. Bassam allait saisir sa chance, ce cadeau offert par la vie. Se sentirait-il chez lui en France ? Il n'en savait rien. Chez lui, c'était Cana al Galil et son chez-lui n'existait plus.

Bassam détenait la nationalité italienne. En arrivant à Naples, il avait d'abord obtenu un visa de travail, puis passé toutes les étapes lui permettant d'obtenir des papiers italiens, notamment grâce à son statut de réfugié de guerre, mais surtout parce qu'il avait tout de suite travaillé. Alors, après quatre ans, il était devenu italien.

Il savait qu'en tant que ressortissant de l'Union européenne, il pouvait travailler en France sans repasser par la case de la demande de visa. Il disposait de six mois pour trouver un emploi et s'installer dans le pays. Ses recherches lui apprirent même qu'il pouvait poursuivre des études en France s'il le souhaitait. Là n'était pas l'idée de départ, car même s'il détenait quelques économies données par Tante Rabab, il tenait plus que tout à travailler et à gagner sa vie. Pourtant, cette idée commença à se frayer une place dans son esprit, pour finir par y germer tranquillement. Après tout, pourquoi cela serait-il incompatible ?

Camille, quant à elle, avait peur. Indéniablement. Elle identifiait clairement cette sensation vertigineuse, dévorante, celle de la crainte du grand saut, la peur de l'inconnu. Elle comptait de nombreux doutes, dont elle se prenait à dénombrer la liste sur ses doigts, lorsque l'adrénaline des préparatifs retombait et qu'elle réfléchissait seule de son côté. D'un point de vue extérieur, les faits pouvaient être résumés aussi simplement que cela : elle allait s'installer avec un inconnu, qui allait tout quitter pour la rejoindre. Inconscience, précipitation et déraison. Tels étaient les maîtres mots d'une pareille décision. Elle savait pertinemment que, s'il posait ses valises en France, il viendrait vivre chez elle, dans son espace. Même s'il travaillait, même avec un peu d'économies, il ne pourrait jamais assumer un loyer parisien. La vie ici n'avait rien à voir avec celle qu'il menait à Naples... et il n'y avait aucune famille éloignée pour l'accueillir et l'aider à démarrer cette fois-ci.

Camille avait la chance d'être l'heureuse propriétaire de son quarante-cinq mètres carrés. Une fois qu'elle avait obtenu son baccalauréat et son projet de carrière en tête, Papé et ses parents avaient souhaité la mettre à l'abri. Ils lui avaient acheté un appartement, un bon investissement familial, en somme.

Alors, bien sûr, quand elle y songeait rationnellement, il était aisément compréhensible que Camille ait peur d'accueillir Bassam dans sa vie, dans sa famille et dans cet appartement. L'engagement était si rapide...

Puis, elle parvenait à faire un pas de côté, se repassant en tête une à une les grandes lignes de leur projet, et se tranquillisait. Il travaillerait et ne viendrait sûrement qu'à cette condition. Là résidait d'ailleurs sa mission à elle : essayer d'activer son réseau culinaire pour le pistonner.

Ils avaient très envie de donner une chance à leur romance. Il était vrai que leur histoire chamboulait leur vie, mais l'expérience valait la peine d'être tentée. À quoi bon rationaliser l'amour ? Qu'y a-t-il de plus irrationnel ? Camille choisissait de le vivre, seulement le vivre.

Ils n'étaient d'ailleurs pas pressés de mettre le projet à exécution. S'ils avaient hâte d'être enfin ensemble dans un même pays, la précipitation n'était pas à l'ordre du jour. On ne changeait pas de vie du jour au lendemain. L'idée était sur les rails, l'avenir écrirait la suite.

Chapitre 22

Paris, août 2017

Camille glissa la clé dans la serrure et s'agaça encore une fois de la tourner dans le mauvais sens. Le système avait été changé quinze jours plus tôt et elle ne s'y habituait pas. Elle était épuisée et ce genre de contrariété quotidienne, quoique banale, achevait de l'énerver.

Lorsqu'elle ouvrit la porte, elle trouva sans surprise l'appartement dans le même état que ce matin, lorsqu'elle l'avait quitté aux aurores. Désespérément vide. Exposé plein sud, il baignait dans une lumière estivale apaisante en cette fin de journée et le calme régnait. Elle suspendit sa veste dans la grande penderie de l'entrée et rangea ses baskets. Elle fila droit à la salle de bains pour une longue douche, tout ce à quoi elle aspirait. Ensuite, elle enfila sa tenue d'intérieur, se servit un Coca-Cola et se lova confortablement dans le canapé. Il était dix-huit heures passées et elle était à bout de forces.

Sans la surcharge de travail qu'elle subissait ces temps-ci, elle serait sans doute rentrée beaucoup plus tôt et en meilleure forme. Peut-être même serait-elle allée courir, la chaleur n'était pas si écrasante pour un mois d'août. Mais il en était hors de question. Au moment où Paris profitait des vacances, elle croulait sous le travail pour préparer la rentrée de septembre.

Plusieurs changements avaient eu lieu dans sa vie professionnelle ces dernières années. D'abord, le chef de la pâtisserie avait annoncé son départ à la retraite. Un arrêt très progressif, car il souhaitait passer les rênes à Camille en douceur. Elle devrait repenser toute l'organisation de sa brigade. Cela faisait deux ans qu'ils travaillaient en duo. C'était terriblement formateur et épanouissant. Il l'accompagnerait jusqu'à ce qu'elle vole de ses propres ailes. Mais ce n'était pas tout. Il lui avait également soumis une proposition étonnante. Ses créations mensuelles rencontrant toujours le même succès auprès des clients du quartier, il avait réfléchi à l'idée de réunir ses plus belles idées dans un ouvrage et de tenter sa publication. Et c'était précisément à cette tâche qu'ils travaillaient d'arrache-pied depuis le début de l'été. Ils avaient profité des vacances, saison plus calme, pour s'y atteler.

Elle ne ménageait pas ses efforts, mais cela n'avait pas d'importance. Cheffe en devenir d'une pâtisserie réputée, coautrice d'un premier livre aux côtés de son mentor… elle vivait le rêve de sa vie et en était enchantée. Consciencieusement, la jeune femme ouvrit son ordinateur et se replongea dans la dernière recette.

Beyrouth, août 2017

Assis sur un fauteuil au tissu bleu fatigué, en attendant l'appel des passagers à la porte d'embarquement, Bassam se sentait en paix.

Dix jours plus tôt, il atterrissait à Beyrouth. Onze ans après le drame qui avait irréversiblement chamboulé son existence, il rentrait enfin au pays. Il posait le pied au Liban, bien dans son corps et serein dans sa tête. Comme il avait évolué pour rendre ce voyage possible ! Dès l'instant où il avait franchi les portes de l'avion, où la chaleur humide l'avait enveloppé et où les odeurs familières de kérosène s'étaient engouffrées dans ses narines, il avait su que tout se passerait bien.

La raison première de sa venue était la naissance de la première fille d'Assem. Sa femme Sadouf et lui avaient accueilli une petite Léli dans leur famille. Ils avaient eu le plus grand mal à devenir parents. Sadouf avait vécu deux fausses couches coup sur coup et Tante Rabab s'était énormément inquiétée que la malédiction, ainsi qu'elle la nommait, frappe son fils et sa belle-fille… Mais, alors qu'ils se résignaient et faisaient le deuil d'une vie de parents, Sadouf était tombée enceinte pour la troisième fois, et avait eu le bonheur de mener sa grossesse à terme.

Quand Assem avait appelé son cousin pour lui annoncer la naissance de Léli, Bassam avait ressenti une grande joie. Et quand Tante Rabab lui avait demandé s'il viendrait au Liban voir le bébé, il n'avait pas hésité une seconde, la réponse avait l'évidence d'un oui franc et massif. Tante Rabab avait pleuré de joie. S'il était prêt aujourd'hui, il y avait beaucoup de raisons à cela. Il n'avait pas peur. Non, il brûlait d'impatience, même ! L'occasion était là, le Libanais allait rentrer à Beyrouth.

À l'aéroport, Hicham était venu le chercher. Comme à Naples à l'époque, les retrouvailles entre les deux hommes furent intenses, l'amour familial traversait le temps. Il l'emmena directement chez Tante Rabab. Quelle étrange sensation que de voir défiler Beyrouth sous ses yeux, de reconnaître les rues, les devantures de magasins et de se saisir instantanément de l'ambiance excitante de la capitale. La ville était identique au souvenir qu'il en gardait. Bouillonnante, sauvage et indéniablement accueillante.

Il reconnut la pharmacie au pied de l'immeuble. Avec le temps, le pharmacien semblait avoir étendu un commerce visiblement florissant. La voiture s'engagea dans le petit parking intérieur et Hicham se gara à côté de la Jeep d'Assem, qui devait déjà être là-haut avec son épouse et la petite Léli.

Le cœur de Bassam tambourinait démesurément dans sa poitrine, il avait les mains moites. S'il avait été seul, il aurait grimpé les marches quatre à quatre jusqu'au septième étage. Mais ils prirent l'ascenseur et Hicham tapota avec bienveillance l'épaule de son cousin, qu'il sentait très nerveux.

Arrivé sur le palier, Bassam laissa Hicham ouvrir la porte et entra à sa suite. La familiarité de l'appartement lui revint, sa décoration désuète, son odeur, son ambiance. Tante Rabab se tenait au bout du couloir. Petite, fatiguée, mais toujours le portrait craché de Wajiha. Sur ses traits, Bassam projetait sans pouvoir s'en empêcher ceux de sa défunte mère. Nul ne disait mot et le silence alourdissait l'atmosphère. En suspension, les protagonistes de cette scène étrange attendaient de reprendre vie. Le cœur de Bassam menaçait d'exploser, il aurait juré qu'en baissant les yeux sur sa poitrine, il pouvait le voir tambouriner dangereusement sous son tee-shirt. Ses jambes flageolantes avaient du mal à supporter son poids. Sa main, qui agrippait encore fermement son bagage, était humide, et les jointures blanchies de ses doigts prêtes à céder, tant il s'y cramponnait. Bassam finit par lâcher sa valise et s'approcher de sa tante, comme un enfant penaud pris en faute par sa mère. Son visage juvénile et doux était baigné de larmes abondantes qui sillonnaient ses joues. Tante et neveu s'observèrent longuement, chaque paire d'yeux scrutant sérieusement celle d'en face. Ils détaillèrent leurs visages respectifs : l'un était vieilli et mature, et l'autre tranquille et ridé, mais chacun trouvait face à lui une familiarité rassurante. Puis elle tendit lentement les bras, invitant Bassam à la rejoindre en son sein, et le serra contre elle. L'étreinte de Tante Rabab était puissante, mais d'une douceur infinie. Pourtant de trente centimètres plus grand qu'elle, il se sentait comme un enfant bercé par sa mère.

Bassam fit la connaissance de Sadouf, qui tenait dans ses bras la minuscule Léli. Il retrouva également avec plaisir Wassila, l'épouse de Hicham. Elle était danseuse. Hicham l'avait rencontrée grâce au groupe de musique dans lequel il jouait de l'oud. Ils étaient mariés depuis presque quinze ans et Bassam se souvenait bien de leurs noces, car c'était les premières auxquelles il avait assisté. Il était adolescent, à l'époque, et se rappelait s'être dit qu'il aimerait épouser une femme aussi belle que Wassila. Il avait été très intimidé quand elle avait dansé avec lui ce soir-là.

Plus jeune, Tante Rabab adorait danser et était sacrément douée. Il se souvenait qu'aux anniversaires en famille, elle nouait un châle garni de perles autour de sa taille, et dansait des heures entières pour leur plus grand plaisir. Il revoyait son corps onduler dans des mouvements techniques et délicats. Sa hanche roulait gracieusement au rythme de la musique, sa jambe élégamment tendue, ses bracelets teintant aux poignets, un sourire séducteur accroché à ses lèvres carmin. De son dixième anniversaire, il gardait une image précise : elle avait dansé, vêtue d'un gilet de garçon de café, d'une chemise de soie noire et d'une longue jupe rouge vif. Sa mère Wajiha, très élégamment habillée elle aussi, applaudissait joyeusement dans de grands gestes des mains et des bras, de haut en bas, comme si elle avait voulu englober la silhouette de sa sœur. Celle-ci était parvenue à faire monter l'ambiance, et les hommes de la famille avaient suivi et dansé à leur tour.

Tante Rabab était fière de la famille qu'elle avait fondée, elle nourrissait beaucoup d'affection pour ses fils et ses belles-filles. Elle noyait sa petite-fille d'amour dès qu'elle l'avait dans les bras, la couvrant de « *ya habibtè, ya hayetè*, ma chérie, ma vie ! ». Léli était bercée généreusement, depuis ses premières heures.

Durant son séjour, Bassam profita de chacun des membres de sa famille, mais passa la majeure partie de ce temps précieux aux côtés de sa tante. Quel infini bonheur que de la sentir en chair et en os près de lui, de pouvoir l'étreindre dans ses bras et l'embrasser, de l'écouter donner vie à leur défunte famille par les récits de ses souvenirs ! Tous ces moments, empreints de tendresse et de nostalgie, se gravèrent dans le cœur de Bassam, apaisant progressivement ses vieux tourments.

Il raconta à ses proches à quoi avait ressemblé sa vie ces cinq dernières années. Aucun n'avait réellement cessé de s'inquiéter à son sujet, en particulier Tante Rabab, pour qui ce second grand changement de vie avait été une nouvelle source d'angoisse.

Il évoqua Camille, leur rencontre à Naples en 2012, leurs échanges, l'idylle naissante et son arrivée en France pour la rejoindre. Il leur expliqua que là-bas, les couples pouvaient vivre ensemble sous le même toit, sans être nécessairement fiancés ou mariés. Lui-même, par exemple, avait rencontré les parents de Camille sans cérémonie ou occasion particulière, mais dans la maison familiale, tout simplement. D'une certaine façon, l'amour était beaucoup plus libre en Europe, et peut-être moins soumis aux regards, moins jugé.

Bassam évoqua également sa vie à Paris, ville qui incarnait pour eux une fascination européenne et un mystère. Si déjà, à l'époque, Naples avait éveillé leur curiosité, la vie dans la capitale française les avait captivés.

Un soir, Tante Rabab lui remit un cadeau, sans doute le plus beau qu'il ait jamais reçu. Il était enveloppé dans un vieux chiffon de lin froissé, celui qui servait à la confection du *labné*, un mézé froid à base de lait fermenté, que l'on égouttait traditionnellement dans ce torchon. Il le reconnut instantanément, pour l'avoir vu pendre à l'évier de sa cuisine d'enfance, autrefois. Il y découvrit les bijoux de Wajiha. C'était ceux-là mêmes qui avaient permis l'identification des corps méconnaissables. Bassam ne s'était jamais questionné sur leur devenir.

Les corps avaient été reconnus et plus tard enterrés. Bassam s'en souvenait à peine, bien trop traumatisé par les événements, son esprit, dans un mécanisme complexe de protection, ayant enfoui très profondément les moments les plus violents du drame. Et peut-être était-ce mieux ainsi.

Il y trouva l'alliance de sa mère, ses boucles d'oreilles et un bracelet jonc, tous en or. Dans une des poches de sa djellaba, on avait également trouvé son *masbaha*, un collier de perles noires, avec quelques petites médailles argentées, qui accueillait les prières.

Son œil fut attiré par le jonc en particulier. Il connaissait très bien ce bijou en or travaillé, pour l'avoir vu toute sa vie au poignet de sa mère. Les bracelets, et surtout les joncs qui se portaient en collection, constituaient un bon indicateur de la richesse de la famille Al Jallil, selon les périodes de l'année. Lorsque les temps étaient doux, et que le travail du père de famille payait bien, Wajiha pouvait arborer jusqu'à cinq ou six joncs finement martelés autour de son poignet délicat. Les parents de Bassam ne gardaient pas d'argent liquide bien caché à la maison ou en lieu plus sûr à la banque. Ils avaient plutôt coutume de le transformer en or, comme la plupart des Libanais.

Ainsi, après l'appendicite de Zeina, Wajiha ne montrait plus qu'un seul bracelet en or à son avant-bras, le plus beau qu'elle possédait. Elle en conservait toujours un au minimum, et ce bracelet, c'était toute sa féminité. Elle ne se maquillait ni les yeux, si beaux qu'ils se suffisaient à eux-mêmes, ni les lèvres. Elle portait peu de bijoux, seulement son ou ses joncs, son alliance, une paire ou deux de boucles d'oreilles, et sa *masbaha*.

À l'intérieur du bracelet étaient gravés quelques mots en lettres arabes : « À mon amour Wajiha. » C'était ce qu'elle possédait de plus précieux, et il le tenait enfin entre ses doigts. Il n'y avait pas d'autre jonc, il s'en rappelait très bien, car en 2006, avec la guerre, la vie était rude et la famille Al Jallil vivait modestement.

Le souvenir en activa un autre. C'était le jour de ses dix ans et il était assis dans la voiture de ses parents, à l'arrière, à côté de ses petites sœurs. Il s'agrippait fermement au repose-tête du siège de sa mère, pour regarder par-dessus son épaule.

Ce jour de fête, il se rendait au restaurant pour la toute première fois. Ses parents l'emmenaient dans les hauteurs des montagnes, du côté de Jounieh. L'air y était plus frais et plus pur qu'à Beyrouth. En quelques kilomètres, le paysage libanais se transformait et l'évasion était garantie. Le restaurant n'était pas très grand, mais possédait une jolie terrasse de pierres blanches, avancée sur un promontoire et offrant une vue spectaculaire sur la baie.

Pour l'occasion, toute la famille avait revêtu son habit de fête. Élégamment vêtus, Bassam et son père étaient deux copies conformes, dans leur costume de lin beige sur une chemise blanche impeccablement repassée. En transparence, on devinait le marcel de coton qu'ils portaient juste au corps. La tenue était complétée d'une paire de mocassins marron, un peu usagés pour son père, mais flambant neufs pour lui.

Bassam était si fier d'être habillé comme son père ! Du haut de ses dix ans, il se sentait comme un homme, et il se souvenait s'être dit, devant le miroir du salon, en tentant de dompter ses cheveux bouclés, qu'il était beau garçon. Ce qu'il était effectivement. Sa mère, dans des instants de complicité avec son aîné, lui confiait en secret au creux de l'oreille qu'il était son plus beau fils. Pendant ce temps, Rima et Zeina, qui écoutaient aux portes, chantonnaient, moqueuses et rieuses, « que le singe, aux yeux de sa mère, est une gazelle ».

Les petites sœurs de Bassam n'avaient aucunement de quoi le jalouser. Encore fillettes, elles étaient jolies comme des cœurs, surtout dans leurs petites robes bleues, assorties à leurs yeux clairs comme un ciel d'été. En grandissant, elles seraient devenues des femmes sublimes, des princesses de contes orientaux.

Wajiha, quant à elle, complétait le portrait de famille avec distinction. Elle portait son unique robe d'événements, noire à gros pois blancs. Habillée ainsi aujourd'hui, elle serait très à la mode dans un style vintage.

Le déjeuner s'était terminé aux alentours de dix-sept heures, après un repas copieux et gourmand. Des mézés et des grillades de kefta ou de poulet au thym, à l'ail et au citron, des brochettes de poulet *chiche-taouk* ou encore des boulettes de *kebbé*. Toutes les viandes étaient posées sur du pain libanais. Bassam salivait encore au souvenir du goût et de la texture du pain, imbibé de jus. Quel délice ! Quel moment privilégié que cette dégustation au restaurant !

Après quoi, il avait soufflé dix bougies sur un énorme gâteau à l'ananas, confectionné par sa mère et apporté au restaurant, et sur lequel Rima et Zeina avaient écrit « Joyeux anniversaire Bassam », en français.

La photographie était encore très nette dans sa mémoire.

Avant de regagner la voiture, Wajiha s'était rendue dans l'espace réservé aux femmes pour se rafraîchir. Et c'est à son retour que l'ambiance avait changé. Le restaurant était désormais vide depuis presque une demi-heure et l'inquiétude se lisait sur le visage de la mère de famille. Elle avait chuchoté quelque chose à l'oreille de son mari, ils avaient réglé l'addition dans la hâte et étaient sortis en moins de cinq minutes.

Une fois tous dans la voiture verrouillée, Wajiha avait ouvert et vidé son petit mouchoir en tissu sur ses genoux. Bassam, collé contre l'épaule de sa mère, avait écarquillé les yeux devant ce qui lui avait semblé être un trésor de pirates. Le mouchoir en tissu était rempli de bijoux : trois ou quatre joncs dorés, un bracelet en maille royale et deux chevalières.

Une femme avait dû retirer ses bijoux pour se laver les mains et les avait oubliés près du lavabo des toilettes. Wajiha les avait pris. Les parents de Bassam avaient discuté quelques minutes, plutôt vivement, dans la voiture. Ils supposaient que ces bijoux appartenaient aux derniers clients, partis juste avant eux, une famille de Saoudiens. Le père de Bassam semblait peu serein à l'idée de garder l'inattendu butin, cela lui paraissait être du vol. D'un autre côté, le ramener au restaurant n'aurait rien changé, les patrons ou employés se seraient servis puisque les clients étaient partis. La crainte était fondée, car les Saoudiens pouvaient se montrer dangereux pour moins que ça. S'ils s'apercevaient de leur oubli, et se rendaient compte que les derniers clients s'étaient emparés de leurs bijoux, la fin de l'après-midi pouvait mal tourner. Mais le parking était bien vide. Ils ne croisèrent aucune voiture qui remontait en descendant de la montagne. Cana al Galil était suffisamment éloignée de Jounieh pour qu'ils puissent reprendre leur souffle et se détendre. Dans la voiture, la fête avait repris de plus belle et s'était prolongée jusqu'au coucher. À Tyr, juste avant de regagner la maison, le père de Bassam avait offert une énorme crème glacée à toute la famille. Le tas d'or était incroyable, il y en avait pour des milliers de dollars ! À cette période-là de leur vie, Wajiha avait porté quelques joncs de plus à ses poignets.

Bassam tenait toujours le bracelet très serré dans son poing. Le métal commençait à créer une marque sur sa peau moite. Ce bijou, il ne l'aurait jamais oublié, ni même ces deux souvenirs de vie, impérissables dans sa mémoire et revenus par associations d'idées.

Ce n'était pas tout, car Tante Rabab lui offrit aussi un voile de sa mère. Après l'avoir gardé près d'elle toutes ces années, il lui revenait de plein droit et nul doute qu'il apporterait autant de réconfort à son neveu qu'il lui en avait procuré à elle. Enfin, dans une petite boîte en bois, Bassam découvrit quelques bijoux plus abîmés ayant appartenu à Rima et Zeina, l'alliance de son père et même, étonnamment, sa paire de lunettes à monture noire épaisse et à laquelle une branche manquait.

Tante Rabab acheva ce doux voyage au pays des souvenirs en remettant à son neveu un petit paquet bien ficelé, qu'elle lui demanda d'ouvrir plus tard, lorsqu'il serait seul.

Bassam ne s'attendait pas à ce que Tante Rabab ait rassemblé et gardé ces reliques tout ce temps à son intention. Récupérés sur leurs dépouilles, les objets personnels de sa famille lui apparaissaient comme incongrus, voire irréels dans cet environnement. Bassam les redécouvrait, brusquement ressurgies du passé, ces petites choses intimes, précieuses ou banales qui incarnaient les personnalités de ceux qu'il avait connus et qui, aujourd'hui, n'étaient plus. Il tenait dans le creux de ses mains les toutes dernières traces physiques de sa famille. Si peu et tellement à la fois… Alors, il comprit que, si elles étaient insignifiantes, ces petites choses étaient également indispensables pour accorder enfin une chance de résurgence aux souvenirs précieux, jusque-là enfouis dans les tréfonds de son cœur meurtri.

En déballant ainsi le passé, tante et neveu n'avaient pu contenir leur émotion. Et ce fut dans les larmes et la tendresse qu'ils s'étreignirent longuement.

Durant son séjour, le jeune homme ressentit le besoin viscéral d'aller se recueillir sur le tombeau de sa famille. Il souhaita s'y rendre seul et les autres le comprirent sans difficulté. Bien sûr, la famille Al Jallil était enterrée à Cana al Galil.

Même s'il s'était préparé psychologiquement à ce retour au pays, cette étape précise de son voyage se révéla, sans surprise, atrocement douloureuse.

L'arrivée au village, les ruelles étroites, l'excessive familiarité qui le saisit instantanément aux tripes et lui arracha ses premiers sanglots… et ce cimetière improvisé près de celui de l'attaque de 1996… Bassam progressait dans son passé, la gorge nouée, le cœur ouvert.

Immobile devant le tombeau familial, image brouillée par les larmes, Bassam ne pouvait s'empêcher d'imaginer les corps de ses parents et de ses petites sœurs, allongés là-dessous, faits de chair et d'os. Ressentaient-ils la chaleur extérieure qui le glaçait pourtant ? Ses membres étaient secoués de tremblements, un froid morbide, interne s'était emparé de lui. Impossible de savoir combien de temps il resta là, debout. L'espace et le temps n'étaient plus mesurables. Il ne savait pas s'il priait ou s'il pensait simplement à ses parents et ses petites sœurs. Il leur parla intérieurement, c'était certain, ils vivaient un moment de communion. Il leur raconta pourquoi il était parti en se refusant à regarder en arrière, pourquoi il n'était revenu que des années après, comment il avait cru ne pouvoir leur survivre, comment il leur avait survécu… Et, tout en verbalisant intérieurement son histoire, il la revivait. Parce que se tenir là, face à face avec le drame qui constituait sa réalité, le ramenait en arrière avec une violence qu'il n'aurait plus soupçonnée. Il n'était plus un homme qui venait rendre un hommage, mais un adolescent désœuvré qui pleurait les siens et ne souhaitait que mourir pour les rejoindre sous terre, la juste place qui aurait dû être la leur à tous, cette nuit-là. Que restait-il d'eux là-dessous ? S'il ne s'était pas mentalement endurci, cette visite au cimetière, plus traumatisante qu'il ne l'aurait cru, l'aurait achevé.

Bassam raconta à sa famille qui il était, ce qu'il faisait dans cette vie. Il s'agenouilla devant l'unique pierre tombale, grise et empoussiérée, qui était leur tombeau, et posa sa tête face contre elle. Il resta ainsi durant plusieurs minutes, seul dans le cimetière, dans un échange intime avec les siens.

Dans l'avion du retour, Bassam s'était dit qu'il travaillerait, mais il était épuisé par les émotions des derniers jours. Alors, il profita du vol de nuit pour récupérer quelques heures de sommeil.

En arrivant chez lui, il constata avec quelle paix intérieure il franchissait le seuil de son foyer.

Que c'était bon de se sentir chez soi quelque part ! Il déposa sa valise dans l'entrée, se déchaussa et traversa silencieusement le couloir, directement jusqu'au salon. Il était très tôt et l'appartement était endormi. Mais certainement pas sa Camille, qui était déjà à la pâtisserie.

Elle avait laissé un petit mot sur le plan de travail de l'îlot central :

« Je ne rentrerai pas tard cet après-midi, j'ai envie de te retrouver, je t'aime, j'ai hâte. »

Chapitre 23

Une fois douché, Bassam avait rangé ses affaires et s'était installé dans le canapé pour travailler.

Une des raisons qui le rendait plus fort et plus équilibré était indéniablement la reprise de ses études. Près de six mois après avoir commencé à réfléchir à une installation en France, les choses s'étaient concrétisées. Ainsi, en octobre 2013, il avait déménagé à Paris. Comme prévu, il s'était installé chez Camille, selon leur arrangement. Sans loyer à charge, ils se partageaient équitablement les frais du ménage.

En quinze jours, il avait réussi à trouver du travail dans une toute petite pizzeria du douzième arrondissement, proche de la place de la Bastille. Cela cadrait parfaitement avec ce qu'il avait en tête. Travailler dans un domaine qu'il connaissait et affectionnait, gagner sa vie, leur vie. En aucun cas il ne souhaitait dépendre d'un tiers. Et même si Camille avait voulu l'aider en sollicitant son réseau d'artisans, il avait manifesté d'emblée sa volonté d'autonomie. Elle le soutenait, mais c'était seul qu'il tracerait sa route. Mais, très vite, avant même de quitter Naples, il avait évoqué la possibilité de reprendre des études. Cette idée, une fois insinuée dans sa tête, ne l'avait plus quitté. Camille s'était montrée attentive à l'écoute de ce projet ambitieux. À vingt-six ans, il n'était pas trop tard pour réaliser ses rêves. Sa vie avait été si accidentée qu'il ne devait plus renoncer à la vivre comme il le souhaitait. Si reprendre des études participait à son accomplissement personnel, il ne devait pas hésiter. Et Camille ne serait sûrement pas un obstacle à cela.

Bassam avait entamé toutes les démarches en amont, les derniers temps de sa vie à Naples. Un sacré travail administratif, notamment pour les demandes d'inscription dans les différentes universités susceptibles de proposer une licence d'arabe.

Il avait toujours eu envie d'enseigner, depuis son plus jeune âge, à l'école élémentaire lorsqu'il s'identifiait à ses professeurs. Il adorait apprendre et trouvait fascinant que le métier des adultes soit d'instruire des enfants. Lui s'amusait tellement à l'école, qu'il ne pouvait en être autrement pour ses instituteurs. En fait, ils passaient leur vie dans une école !

Plus âgé, il aimait soutenir ses petites sœurs dans leurs devoirs, leur réexpliquer ce qu'elles avaient mal compris, ou leur donner des outils et astuces pour mémoriser une leçon plus facilement. À l'école, les professeurs reconnaissaient tout de suite Rima et Zeina, elles ressemblaient tellement à leur aîné. « Toi… disaient-ils en désignant l'une des sœurs d'un index menaçant, tu es une Al Jallil. Tu es la sœur de Bassam, n'est-ce pas ? Tu travailleras sûrement sérieusement comme lui. Mais est-ce que tu te dissiperas et bavarderas autant que lui ? »

Chaque année, à chaque rentrée scolaire, elles avaient droit aux remontrances, fardeau hérité des bêtises de leur grand frère.

Car, même s'il était un élève sérieux et appliqué, il était avant tout un garçon turbulent. Avec ses copains de l'époque, ils s'engrenaient les uns les autres et avaient vite fait de déraper. Leur liste de fantaisies en tout genre et de punitions en conséquence était longue comme le bras. Il se souvenait en particulier de Firas, un camarade moins doué que lui et forcément plus souvent corrigé par les professeurs. En classe, il était assis derrière lui et racontait tout le temps des blagues pas toujours drôles. Il ne savait pas s'arrêter ! Parfois, même Bassam, lassé, faisait semblant de rire en se secouant les épaules. L'astuce fonctionnait, car il entendait Firas glousser derrière lui. De bons souvenirs d'enfance…

C'était donc naturellement qu'il s'était dirigé vers une licence d'arabe. Le temps de régler l'ensemble des démarches administratives fastidieuses et de s'installer confortablement, il avait pris le train en marche. Il n'avait démarré l'année scolaire qu'en janvier, soit quelques mois après le début officiel des cours à la Sorbonne. Il avait étudié très durement pour rattraper son retard et valider son année. Tout cela en travaillant presque tous les soirs de la semaine à la pizzeria.

Après trois ans d'études à un rythme soutenu, il avait obtenu sa licence. Il s'était accroché, épaulé par Camille, fidèle au poste. Il avait raté quelques examens, s'était découragé plusieurs fois, les avait repassés au rattrapage et avait été récompensé à la fin par le diplôme. Il avait réellement travaillé jour et nuit pour cela.

Aujourd'hui, Bassam était fier de sa réussite. Il avait rempli un objectif qu'il pensait à jamais perdu. Il s'était accroché pour espérer un avenir viable avec Camille, et aussi pour la mémoire de son père qui aurait adoré savoir son fils étudiant et diplômé.

Bassam ne s'était pas arrêté là. Il se sentait fort de sa réussite, mais il ne touchait pas encore tout à fait au but. Il avait atteint un haut niveau de maîtrise de la langue arabe, mais aussi de sérieuses connaissances culturelles, historiques, sociales et économiques du monde arabe.

Désormais, il voulait enseigner. Et pour cela, il devait passer son master.

Ainsi, en ce retour de vacances, il préparait sa dernière année d'études.

La deuxième raison qui faisait de lui un homme épanoui concernait Camille, évidemment. Déjà plus de cinq ans que leur histoire durait, depuis cette rencontre impromptue sous un parasol de Naples, jusqu'à leur pari réussi d'une vie à deux en France. Avec le recul, cela avait finalement été facile entre eux. Ils s'aimaient et l'amour les rendait solides. Ils formaient un duo qui ne craignait rien.

Avec les parents de Camille, la mise en place de leur projet avait été un peu plus formelle. Ils se posaient beaucoup de questions, et semblaient s'inquiéter pour leur fille et ce grand saut dans sa vie. Bassam, comprenant cet instinct de protection, avait jugé utile de partager avec eux les étapes de ce projet. Le couple avait alors obtenu leur soutien, et ensuite, le temps leur avait permis à tous de se tranquilliser.

Bassam étudia le reste de la journée à la maison, jusqu'au retour de Camille, vers seize heures. Lorsqu'elle passa la porte, il se jeta à son cou et la souleva dans les airs. Comme elle lui avait manqué ! C'était leur première expérience de séparation depuis qu'ils avaient emménagé ensemble. Ils passèrent un long moment dans les bras l'un de l'autre. Puis, ils se racontèrent leurs dix jours de séparation autour d'un dîner en provenance directe de Beyrouth.

Bassam avait apporté de quoi préparer des sandwichs falafels. Il raconta à Camille que c'était la première chose qu'il avait eu envie de manger, une fois arrivé. Alors, après le passage chez Tante Rabab, ses cousins et lui avaient pris la route du petit restaurant de Sahyoun, le meilleur fabricant de falafels de la capitale. Le chemin était semblable à son souvenir : la longue et symbolique rue de Damas, ligne de démarcation entre Beyrouth ouest et Beyrouth est durant la guerre civile, descendait droit vers le centre-ville. Elle permit à Bassam de passer devant la mosquée Al-Amine et son dôme turquoise majestueux. Cette première promenade dans la ville, son sandwich à la main, avait ramené Bassam des années en arrière. Plusieurs images lui étaient revenues : petit, main dans la main avec son père certains dimanches entre hommes, lorsqu'ils passaient la journée à la capitale, avant d'aller s'asseoir face à la mer ; les mois d'été, tout jeune adolescent avec ses copains, quoique jamais après le couvre-feu imposé par Wajiha. C'était le début des libertés pour son fils, elle l'avait surveillé de près.

Bassam prit possession de la cuisine, et compléta les sandwichs falafels d'un fattouche : une salade gourmande recouverte d'un pain libanais grillé au four, agrémentée d'huile d'olive et d'une mélasse de grenade. Il coupa les tomates cœur-de-bœuf, le concombre et lava la botte de radis.

Il fut soudain saisi d'un fou rire magistral incompréhensible. Camille, assise sur le canapé, se tourna vers lui, surprise, levant la tête de l'écran du téléphone sur lequel elle découvrait Beyrouth en photos au fur et à mesure du récit de Bassam. Elle eut bien du mal à comprendre ces rires incontrôlables. Il reprit ses esprits, et coupa un radis qu'il lui lança. Il en croqua un et commença à raconter à Camille sa sortie dans une mercerie syrienne, deux jours plus tôt, avec ses fidèles acolytes, ses cousins. Sadouf avait missionné Assem pour qu'il négocie pour elle le prix d'une nappe de dentelle. Les pièces de cette boutique étaient très belles et d'excellente qualité. À l'œuvre au fond de la boutique, Assem avait donc sérieusement parlementé avec le vendeur syrien, à grand renfort de gestes à l'orientale et de tapes amicales sur l'épaule. Hicham était resté devant le magasin pour terminer son cigare, vilaine habitude. Il était entré quelques minutes plus tard, avait rejoint Bassam qui regardait les napperons.

– *Abou Figelé ! Abou Laban !* avait-il appelé de sa voix forte, en tapant dans ses mains, prêt à négocier sérieusement lui aussi.

De concert, Bassam et Assem avaient alors croisé son regard et éclaté de rire dans le magasin, sous les yeux ébahis du vendeur. « *Laban* » et « *figelé* » signifiaient « yaourt » et « radis ». Sous ses airs de mafieux, Hicham avait alpagué « Père Yaourt » et « Père Radis » !

Camille sourit à l'écoute de cette anecdote. Non pas pour la plaisanterie elle-même, qui était amusante, mais sans doute beaucoup moins que vécue en direct, non, plutôt pour la joie qu'elle procurait à celui qui la revivait en lui racontant.

Elle était rassurée de retrouver un Bassam comblé à son retour de voyage. Contrairement à lui, elle avait ressenti une grande appréhension à l'idée de le laisser partir. Elle avait eu peur que ne se brise l'équilibre fragile qu'il semblait avoir regagné, craint qu'il ne retrouve pas son Liban, celui de ses souvenirs, et que les retrouvailles avec sa famille ne soient insupportables en l'absence de ses parents et de ses sœurs. Elle était soulagée de s'être trompée ; il revenait dans l'épanouissement le plus complet.

Il essaya de lui raconter comment se déroulait une journée dans la capitale libanaise, comme celles de son enfance pendant les vacances d'été lorsqu'il venait de son petit Cana al Galil rendre visite à ses cousins. D'après lui, Beyrouth et ses différents quartiers méritaient d'être visités avec les autochtones, sinon, on risquait de passer à côté de l'essentiel. Pour ce grand retour au pays, il avait eu vraiment envie de se plonger corps et âme au cœur de la ville. Il voulait se sentir libanais et s'enraciner au plus profond de son Liban.

Ce sentiment était puissant et Bassam identifiait en lui des regrets. Ceux d'être parti ? Ceux de ne pas avoir fini de grandir là-bas ? En tout cas, les regrets d'avoir aujourd'hui l'impression de ne plus connaître son pays. Il s'était retrouvé orphelin et apatride, et sentait désormais une nécessité viscérale de renouer les liens familiaux et de se réapproprier sa terre, ses origines.

Il raconta à Camille que, le matin, il était réveillé à l'aube par le chant d'appel à la prière du muezzin. Il le trouvait envoûtant et n'avait aucun mal à se rendormir, bercé par sa voix qui pénétrait ses oreilles avec poésie. En l'entendant pour la première fois depuis des années, il avait pensé à sa mère. Elle ne manquait jamais aucune des cinq prières quotidiennes. Une fois, petit, il était entré dans la chambre parentale au moment même où Wajiha se prosternait sur son tapis, le *sujud*. Elle était vêtue de blanc, pareille à une jeune mariée. Il avait été impressionné et subjugué par la beauté de sa mère en cet instant, et ce souvenir demeurait gravé dans son esprit.

Au moment de la sieste, c'était les appels plus appétissants des marchands ambulants qui le tiraient du sommeil.

– *Kaak Kaak ! Kaak kaak ! yala al Kaak ! Mine badou kaak ?*

Il avait complètement oublié tout cela… Le vendeur de pains qui poussait courageusement sa charrette, du bout de ses bras secs et musclés, appelant les amateurs au goûter. Le *kaak* était un pain au sésame garni d'épices savoureuses et variées comme le sumac ou le *zaatar*, qui étaient désormais familières à Camille. Lorsqu'il avait reconnu l'appel, il lui narra qu'il avait bondi de son lit, ouvert à la volée la porte vitrée donnant sur le balcon et s'était penché par-dessus la balustrade, pour être sûr d'apercevoir le marchand qui faisait sa tournée, cinq étages plus bas. Les pains ronds à poignée, comme des petits paniers, qui étaient suspendus de part et d'autre de la charrette en bois, lui avaient mis l'eau à la bouche. Il n'en revenait pas d'avoir effacé de sa mémoire une chose si habituelle et quotidienne que le *kaak*. Quel charme il avait trouvé à sa ville natale en cet instant !

Dans le même esprit, ce fut avec surprise et amusement qu'il redécouvrit les cordelettes qui coulissaient le long des immeubles, courant de balcon en balcon, pour que descendent au rez-de-chaussée les paniers à provisions des habitants, qu'un marchand ambulant allait garnir de fruits et légumes bien goûteux. Il s'agissait d'une méthode locale très pratique pour éviter aux plus âgés de monter et descendre de nombreux étages, les bras chargés, notamment en cas de pannes d'électricité, fréquentes dans le quartier et la ville en général.

Lorsqu'il était petit, au Sud-Liban surtout, mais aussi à Beyrouth, les temps de disponibilité de l'électricité étaient en fait bien rares. Et il en allait de même pour l'eau. Précieux, pour une famille de cinq personnes, l'accès à l'eau demandait restriction et organisation. Plusieurs fois, la toilette était contrainte d'être faite dans une bassine, mise de côté à cet effet.

Bassam parla ensuite de cette chaleur étouffante qui pouvait écraser Beyrouth et le reste du pays en plein été. Aussitôt la fraîcheur des appartements climatisés quittée, on avait la sensation qu'une enveloppe chaude et humide se refermait sur soi, décrivait-il. Les pavés irréguliers qui tapissaient les rues réfléchissaient cette chaleur sur les passants. La ville bouillonnait, si bien que, pour supporter les journées estivales, les commerces climatisaient systématiquement leurs murs. Et il pouvait, paradoxalement, faire très froid. Comme au cinéma, par exemple, où les salles de projection étaient glaciales. De vrais congélateurs ! Encore un réflexe oublié ; c'était d'ailleurs Assem qui avait sauvé leur séance de cinéma en lui rappelant in extremis d'emporter un pull. Bassam sourit en repensant à la première fois qu'il avait emmené ses petites sœurs, Rima et Zeina, au cinéma. Elles avaient eu tellement froid qu'elles s'étaient blotties contre leur grand frère, qui leur avait frotté énergiquement les bras pour les réchauffer. Il en avait eu des courbatures dans les muscles le lendemain matin.

Les cousins, lorsqu'ils se promenaient dans le centre-ville, multipliaient les pauses rafraîchissantes : jus de fruits frais pressés minute, sirop de tamarin au goût si particulier, *bouzas*, les glaces libanaises aux parfums savoureux, ou encore *achta*, la crème de lait au goût subtil de fleur d'oranger. La préférée de Bassam était celle à la rose. Il entendait encore sa petite sœur Zeina : « *Bade bouuuuzaaaa babaaa*, je veux une glaaaaaace paapaaaaa », geignait-elle en tirant sur la manche de son père pour exagérer son caprice. Elle adorait ça, et son visage s'illuminait devant le nombre illimité de boules.

Bassam mentionna les rues de Hamra, le quartier chic de la ville, où la jeunesse, voire la jet-set libanaise passait ses soirées. Les Libanaises surapprêtées dans leurs robes de soirée, perchées sur leurs talons hauts, défilaient tels des mannequins sur un podium. Leurs fiancés aux cheveux gominés et aux costumes ouverts sur la poitrine, montres hors de prix au poignet, paradaient à leur bras. Spectacle grotesque que ce défilé de poseurs, avait-il toujours pensé.

Enfin, Bassam, qui connaissait bien Camille, lui décrivit les multiples bijouteries, les *jewelleries* de la rue Barbour, dans le quartier de Mazraa. Il avait réussi à y entraîner ses cousins pour l'aider à dénicher un petit bijou à offrir à sa bien-aimée. Il avait opté pour un joli bracelet en argent, formé de petits cœurs reliés les uns aux autres : certains incrustés de toutes petites pierres, d'autres colorés en turquoise. Un peu plus loin, il s'était arrêté devant une échoppe et avait nommé deux fleurs : la rose et le jasmin, essences principales du parfum qu'il lui offrit en même temps qu'il contait son histoire. Elle trouva la fragrance envoûtante et se figura que c'était l'odeur du Moyen-Orient.

Bassam acheva le récit de son séjour par des anecdotes plus quotidiennes. Tante Rabab assise dans son canapé, appliquée à écosser les haricots ; Tante Rabab qui nettoyait ses fruits et légumes avec une éponge et du désinfectant (il y avait une quantité de vers ! se justifia-t-il devant les gros yeux de Camille ; Tante Rabab qui palabrait des heures durant, la tête par-dessus le balcon, toute contorsionnée, pour savoir ce que la voisine du dessus préparerait à manger ou pour connaître le dernier potin en date dans le quartier.

Tel était le Liban de Bassam, ce pays qu'il avait tant aimé, dans lequel il avait grandi, tellement ri, mais aussi tellement souffert et pleuré.

Il avait ponctué son récit de voyage de quelques phrases en arabe, ce qui plaisait beaucoup à Camille. Elle était fascinée par cette langue roulante et mélodieuse, et lorsque Bassam la parlait, elle jugeait qu'il émanait de lui une beauté sans pareille. Son langage passait aussi par une gestuelle à la méditerranéenne, très communicative.

Bassam avait largement éveillé la curiosité de Camille, qui avait désormais très envie de partager les mêmes expériences que lui. Ses histoires l'avaient captivée. Le Liban restait un pays mystérieux pour elle, comme le reste du Moyen-Orient, d'ailleurs. Elle avait peu voyagé en dehors de l'Europe avec sa famille.

À présent que Bassam semblait avoir retrouvé son identité libanaise, elle mourait d'envie de tout connaître de cette partie de lui. Tout savoir de son pays, de sa famille, de ses souvenirs d'enfance, pour en apprendre davantage sur l'homme qui partageait sa vie.

Après lui avoir raconté son séjour dans les moindres détails, il repensa au petit paquet de Tante Rabab. Il délivra à Camille les instructions qu'il avait reçues et déplia le papier kraft solidement ficelé. Alors, il y trouva un petit mot écrit en arabe : « Pour que Kamil sache qui tu es. » Il sourit en lisant l'orthographe du prénom. Pourtant, avec le président Camille Chamoun, ancien dirigeant libanais, l'orthographe de ce prénom occidental n'aurait pas dû poser problème.

À l'intérieur du paquet se trouvait une enveloppe, dans laquelle Bassam découvrit une dizaine de photos de sa famille et lui.

Chapitre 24

Bassam explora les précieuses photos, encore et encore. Lui, nouveau-né, dans les bras de son père, tout jeune et mal à l'aise avec le poupon. Lui, petit garçon, au sud, dans le jardin de Téta, leur grand-mère, avec ses petites sœurs qui improvisaient une partie de football. Tous les cinq à la maison, avant le bon dîner de la fête de l'aïd-el-kébir… Autant d'instants de leur quotidien familial. Quelle belle et heureuse vie il avait passée à leurs côtés ! Aujourd'hui que la colère et l'injustice avaient quitté son cœur, Bassam remerciait la vie de lui avoir offert dix-neuf années de bonheur et de joie auprès des siens.

Une photo en particulier attira son attention. Il devait avoir quinze ou seize ans et il était installé dans l'un des deux fauteuils du salon, à Cana al Galil. Il se reconnut instantanément, dans son marcel bleu foncé et son petit short bleu et moutarde assorti. Sa tenue de basket-ball préférée ! Il se souvenait très bien de ce moment, car sa mère avait voulu le photographier debout sur le balcon, de retour de l'entraînement. Elle était fière qu'il soit sportif comme l'avait été son père dans sa jeunesse.

Plus affalé qu'assis dans le fauteuil, il tenait à la main un grand verre de Mirinda, un soda orange fluo plein de sucre, qu'il adorait. À sa droite, dans le fauteuil jumeau, son père, vêtu d'une djellaba sombre, se reposait lui aussi. Il regardait fixement devant lui, derrière les grands verres de ses lunettes noires à monture épaisse. C'était ainsi qu'il se détendait, sans vraiment fermer les yeux, pensif et dans son monde. Sur la table basse entre eux, un journal était plié, et la pipe de son père patientait dans le cendrier. Tous les deux semblaient attendre que la journée passe, abandonnés au temps, confortablement installés.

Derrière eux, Bassam reconnut une photo en noir et blanc, grand format, encadrée au mur. Cette photo représentait la place des Martyrs, à Beyrouth. À gauche, il vit les hauts immeubles alignés qui surplombaient la place. Elle grouillait de voitures, d'autobus et de piétons qui traversaient anarchiquement. Au milieu, on pouvait distinguer les gesticulations du gendarme qui réglait la circulation chaotique qui faisait la réputation de la capitale. Deux palmiers donnaient de l'ombre, sous la chaleur d'un soleil d'été flamboyant.

Sans qu'il ne sache pourquoi, cette vision activa en lui un autre souvenir. Cette fois, l'un de ceux que son père lui avait confiés le dernier été, au tout début de la guerre qui avait changé sa vie.

Le pays était alors secoué par le deuxième conflit de son histoire depuis 1990, la deuxième guerre que vivaient ses parents, donc. Situé au sud, Cana al Galil était un village très exposé, en plein cœur des attaques. Certains jours, il était extrêmement imprudent, voire suicidaire de sortir, et il valait mieux rester calfeutré. Cela effrayait beaucoup Bassam et ses jeunes sœurs. Leur père avait dû déceler cela dans leurs yeux, un jour où les attaques déferlaient sans discontinuer. Ses trois enfants et sa femme étaient rassemblés dans le salon, Bassam, Rima et Zeina sur le canapé. Leur père s'était installé face à eux, les avait entourés de ses bras forts et leur avait livré un souvenir.

Il avait raconté à ses enfants comment son père et lui avaient été épargnés durant une attaque ennemie. Les deux hommes étaient seuls dans l'appartement où avait grandi le père de Bassam, à Beyrouth, dans le quartier de Mazraa. À l'époque, il avait une vingtaine d'années environ. Son père et lui étaient installés dans le même canapé du salon, et discutaient de tout et de rien quand les alarmes avaient commencé à retentir dans Beyrouth, créant la peur chez les civils. Les bombardements avaient alors plu sur la ville avec violence, pendant plusieurs minutes interminables. Père et fils s'étaient serrés l'un contre l'autre, le père tenant fermement la main de son fils pour le rassurer.

Ils entendaient les roquettes siffler et s'abattre lourdement sur les bâtiments avoisinants. Les habitants hurlaient, entre les grondements sourds des effondrements alentour. Des nuages de fumée épaisse obstruaient totalement la vue par la fenêtre. Ils étaient enfermés dans une bulle de terreur. Un tir pouvait les toucher à tout moment. Ils se sentaient tous deux désœuvrés, aveugles et vulnérables au milieu du chaos.

– Baba, qu'est-ce qu'on fait ?

– Rien, mon fils, on attend et on prie.

Ainsi, durant de très longues minutes d'angoisse, le père et son fils, main dans la main avaient patienté et prié. L'un pour que la bombe ne tombe pas sur leur immeuble. L'autre pour que, si elle leur tombait dessus, elle les emporte tous les deux.

Bassam avait été très marqué par cette histoire. Il se souvenait même en avoir rêvé la nuit suivante et s'être réveillé en pleurant. Leur père était comme ça, un homme qui protégeait ses enfants, mais qui savait aussi leur dire les choses, aussi difficiles soient-elles à entendre, pour les préparer et les rendre plus forts.

En regardant ce cliché, ce souvenir s'était matérialisé, plus vivace que jamais.

Il parcourut une dernière fois ses photos et les rangea précautionneusement dans une petite boîte en carton.

Camille en avait une multitude à la maison, une collection maladive, lui disait-il. Il fallait sans cesse acheter de nouvelles boîtes de rangement. Elles avaient toutes une utilité, argumentait-elle… même si la moitié étaient vides. En plus, elle changeait tout le temps les objets de place, elle ne savait même plus elle-même où elle avait bien pu ranger telle ou telle babiole. Bien souvent, c'étaient les objets pratiques du quotidien qu'elle perdait le plus : les manettes de la console de jeux, les piles, les allumettes… c'était très pénible. Alors, Bassam choisit un modèle reconnaissable, et rangea la boîte dans sa bibliothèque personnelle. Il en était très content. De Naples, il avait ramené pratiquement toutes ses affaires. Quand il vivait dans l'appartement meublé de Livia et Ghassan, il ne possédait que très peu de biens, hormis cette haute et étroite bibliothèque. Camille et lui avaient mélangé plutôt harmonieusement leurs affaires. Mais, concernant ses livres, il avait eu envie de garder son meuble à lui. Son étagère de livres trônait donc fièrement dans leur chambre, à côté de la coiffeuse de Camille. Il l'avait remontée à l'identique, exactement comme à Naples. La seule différence était l'absence de sa photo de famille jaunie. Elle était désormais encadrée et posée sur la console du salon à côté d'une photo semblable de la famille de Camille.

Durant les premières semaines de leur vie commune, l'aménagement de l'appartement avait constitué les premières tensions et leur première vraie dispute de couple. Pourtant, Camille était très enthousiaste de l'accueillir chez elle. Mais sa rigidité, son manque de souplesse était un démon bien difficile à dompter. Elle possédait un instinct d'organisation et de contrôle, sans doute très lié aux exigences de son travail, mais qui, à ce moment de sa vie personnelle, avait posé quelques problèmes. Bien malgré elle, elle avait vigoureusement démoli chacune des idées de décoration que son nouveau colocataire avait suggérées. Les housses de coussin en velours grenat : pas dans le style de la chambre. Les bocaux de pâtes italiennes aux formes et couleurs originales : jolies dans sa cuisine napolitaine, mais trop chargées pour ici. Sa lourde malle de marin décorée d'une carte du monde : plutôt au-dessus de l'armoire qu'au beau milieu du salon. Bassam n'osait pas trop insister les premiers temps, ne se sentant pas encore tout à fait légitime, pas tout à fait chez lui. Mais plus les jours passaient, moins elle semblait vouloir se décider à accorder une place dans son appartement au peu de choses qu'il possédait. Ses affaires restaient tristement entreposées au fond de quelques cartons, dans l'entrée, attendant leur sort. Si bien qu'il avait eu du mal à prendre ses marques et se percevait davantage en visite chez elle, que chez lui… chez eux. Et même lorsqu'ils essayaient de réfléchir ensemble à des petits changements de l'aménagement ou de décoration, elle se montrait autoritaire et directive.

Il n'avait vraiment pas compris ces réactions très fermées qui ne lui ressemblaient pas. Il en était arrivé à se demander si elle voulait réellement de lui chez elle.

Un jour, les esprits s'étaient échauffés. La patience de Bassam ayant été mise à rude épreuve, son sang n'avait fait qu'un tour. Quant à elle, vexée par la moindre remarque n'abondant pas dans son sens, elle avait eu le plus grand mal à ne pas se montrer sèche et cassante. Bassam, après avoir trop pris sur lui, avait explosé et rétorqué très méchamment à sa partenaire que, si elle ne se montrait pas si égoïste et bornée, ils auraient peut-être une chance de se comprendre. Seulement, avec son caractère de princesse, elle fichait tout en l'air ! Il avait claqué la porte bruyamment, après avoir juré en arabe, et était sorti prendre l'air dans un quartier qui lui avait alors semblé inconnu et hostile. Camille, stupéfaite, était restée coite, plantée au milieu du salon, le mètre déplié dans une main et un bougeoir doré attendant son sort dans l'autre. Elle s'était fermée comme une huître et avait ressassé la dispute dans son coin de longues minutes, se répétant le dialogue en boucle. Elle avait même bougonné à voix haute. C'était une erreur ! Ils s'étaient installés ensemble beaucoup trop vite ! Ils se connaissaient à peine, bon sang ! Et comment se sortir du pétrin, maintenant ? En plus, il avait haussé le ton… lui qui ne se mettait jamais en colère et qui d'ordinaire était si doux… Il avait même claqué la porte de chez elle ! De chez lui ? Oh non… et si elle avait réagi bêtement ? Évidemment, ils se connaissaient peu. Et surtout pas dans une vie à deux. Mais comme beaucoup de jeunes ou plus vieux couples fraîchement installés, ils devaient finalement adapter leur mode de vie et leurs petites habitudes quotidiennes. Et surtout, communiquer l'un avec l'autre. Aucune chance que cela fonctionne autrement. Ce n'était plus entièrement chez elle seule, mais chez eux, désormais. Et ça, elle y avait longuement réfléchi, alors pourquoi était-elle si remontée ? Camille se retrouvait pile en face du défi qu'elle avait décidé de relever. Et, en cet instant, elle se sentait honteuse. Elle aurait dû savoir mieux que quiconque combien Bassam avait besoin d'investir un chez-soi et de se sentir à sa place quelque part. Elle se sentait indélicate de l'avoir embêté, alors que cela signifiait tant pour lui.

À l'avenir, ils ne se disputeraient plus comme ça. Et surtout, tous les deux mettraient un point d'honneur à préserver leur foyer autant que possible.

La rentrée de septembre arriva à une vitesse folle avec son lot d'angoisses pour Camille. Elle faisait ses premiers pas de cheffe, toute seule dans sa pâtisserie, à la tête de son équipe. Mais la pression qu'elle s'infligeait était inutile, car il s'avéra que le quotidien ne subissait pas tant de changement. Elle parvenait à diriger le personnel avec justesse, chacun connaissait bien son poste et l'équipe était très travailleuse. Son vrai défi était de boucler son livre de pâtisseries revisitées avant la mi-septembre. Elle travailla tous les après-midis aux côtés de son chef à cet effet. Ensuite, c'était à lui de faire le reste du travail. Plutôt reconnu dans le milieu, il avait déjà publié quelques ouvrages sur les grands classiques de la pâtisserie française.

Quant à Bassam, il envisageait son master plutôt sereinement. Il devrait encore travailler dur cette année, mais c'était la dernière. Quatre ans déjà qu'il jonglait entre ses études et son travail à la pizzeria. Quatre ans que cela fonctionnait, il n'avait pas à s'inquiéter d'un échec s'il continuait à étudier sérieusement. En revanche, le concours aux postes de l'enseignement à présenter cette année l'inquiétait davantage. Un concours impliquait, par définition, d'autres candidats et donc un aspect non maîtrisable malgré tous les efforts déployés. Environ cinq postes, pour plus de trois cent cinquante inscrits ! Même si un tiers se présentait réellement à l'examen, il y avait de quoi se décourager et douter de soi. Il avait confié ses craintes à Camille, qui avait réagi avec beaucoup de pragmatisme. Paradoxalement, elle savait très bien le raisonner lorsqu'il en avait besoin, tout en étant incapable d'appliquer ses propres conseils. Pour la parution de son livre de recettes, dont Bassam ne doutait absolument pas qu'il rencontrerait le succès, elle pouvait entrer dans des crises de doute incontrôlables. Elle envoyait valser toutes ses notes, repoussait ses livres dans un accès de colère, et finissait par claquer le clapet de l'ordinateur avec violence. Mais elle travaillait aux côtés d'un ponte, qui savait la diriger dans ce travail difficile et effacer ses doutes. Quant à Bassam, lui avait bien du mal. Dans ces moments-là, il parvenait à l'apaiser et à changer de sujet, attirant son attention sur autre chose, le temps que la pression retombe. Son chef, lui, lui apprenait à ne pas douter de son talent et à se remettre en question intelligemment.

Camille avait réfléchi de façon très cartésienne à ce concours : cinq postes pour cent cinquante candidats présents, en moyenne, soit un sur trente.

– Regarde-les dans l'amphithéâtre, devant toi. Et puis compte-les, tu en fais tomber vingt-neuf et tu es le trentième. Un sur trente, Bassam.

Camille lui donnait une confiance en lui et une force inébranlable qu'il ressentait depuis qu'il s'était remis, laborieusement, sur les rails des études universitaires. Un démarrage à vingt-six ans n'était pas évident et il lui arrivait souvent de douter de lui.

Heureusement qu'ils avaient à eux deux une situation confortable et peu de charges. Cela fonctionnait bien. Mais dans les moments les plus difficiles de l'année, comme lors des examens, il était arrivé une ou deux fois que Camille insiste pour qu'il arrête de travailler à la pizzeria afin de se concentrer uniquement sur ses études. C'était sans compter la légendaire fierté libanaise. Hors de question ! Il tenait à travailler et à rapporter un salaire chaque mois. Même si le rythme de vie était harassant, il ne lui demandait rien sinon son soutien, le reste le concernait lui, c'était son labeur. Elle avait fini par le comprendre et n'insistait plus.

Un jour, si tout se passait comme il le souhaitait, il vivrait des rentrées d'un travail intellectuel qu'il aurait choisi lui-même. Dire que cinq ans auparavant, il était pizzaïolo à Naples ! Et depuis, la vie avait mis cette fille géniale sur son chemin, devenue sa complice, sa partenaire et sa plus belle histoire d'amour.

À la mi-octobre de cette année-là, Bassam trouva un peu par hasard un travail dans une librairie située tout à côté de l'Institut du Monde Arabe. Ce jour-là, il avait réussi à convaincre Camille de l'accompagner à une exposition qui venait tout juste de démarrer, consacrée à un auteur qu'il aimait beaucoup, Tahar Ben Jelloun. Au cours de ses premières années à l'université, il avait travaillé sur quelques extraits de ses ouvrages. À titre personnel, il avait lu une bonne partie de son œuvre, rangée dans sa bibliothèque. Aujourd'hui, l'Institut du Monde Arabe mettait en lumière le côté artistique de Tahar Ben Jelloun, sa casquette de peintre, moins connue du grand public : « Carte blanche à Tahar Ben Jelloun. »

En sortant, ils avaient profité du déplacement pour se rendre dans la librairie préférée de Bassam. Une librairie orientale, juste en face de la faculté de Jussieu, où il dénichait des perles de littérature arabe, aidé du libraire. À la caisse, son regard avait été attiré par une affichette indiquant un poste de vendeur à mi-temps, à pourvoir depuis quelques semaines d'après la date. Bassam n'eut même pas besoin de sonder l'avis de Camille, qui lui donnait déjà de petits coups de coude pour lui montrer l'annonce. Il donna ses coordonnées au libraire, qui reconnut un client habitué, et qui lui conseilla d'envoyer son curriculum vitae et sa lettre de motivation. Étonnamment, ils peinaient à trouver quelqu'un pour le poste. Ainsi, sans trop de difficultés, Bassam se fit embaucher la semaine suivante, tournant la page de la pizzeria de Bastille.

Camille était fière de lui. Deux fois déjà que Bassam reconstruisait toute sa vie ailleurs, à la sueur de son front.

À deux, tout était plus facile. Mais il y avait des combats qu'il menait seul : sa reconstruction personnelle, ses études et une position légitime dans leur foyer. Alors, lorsqu'elle avait vu l'affichette de l'offre d'emploi, son coude s'était agité tout seul contre le bras de Bassam pour attirer son attention. Elle pensait bien que cela lui taperait dans l'œil. Il semblait véritablement s'être épanoui intellectuellement et personnellement, au travers de ses études de lettres arabes. Sans doute cela avait-il aussi un rapport avec son retour progressif à ses racines ces dernières années. Il était temps pour lui que les choses se concrétisent et qu'il pose enfin le pied dans cet univers professionnel. Il le méritait.

Chapitre 25

Bassam commença à travailler à la librairie en douceur. Les premiers temps, le gérant lui confiait des missions assez classiques et convenues. Bassam se familiarisa avec la gestion des commandes, l'approvisionnement des stocks, l'aménagement et l'optimisation des rayonnages ou les inventaires, et enfin, le plus enrichissant, les conseils, critiques, échanges et informations avec les clients, souvent des érudits de l'université, des auteurs ou des personnes simplement attirées par les lettres orientales.

Saïd était un gérant minutieux et passionné. Il était sympathique, attachant et plein d'humour et, lorsqu'il riait, son rire était communicatif. Mais il était âgé et fatigué et, ces dernières années, il ne s'était plus senti capable de gérer seul son commerce, un coup de main était le bienvenu.

Il était syrien, de la capitale, Damas. Il vivait à Paris depuis presque quarante ans. Sa famille avait immigré lorsqu'il était en primaire, d'abord en Belgique, puis avait rejoint la France pour s'y établir.

Bassam connaissait bien Damas et ses souks. Il en gardait un souvenir tenace, pour les avoir tant écumés durant son enfance, avec sa mère et ses sœurs. Aller aux souks, c'était flâner minutieusement à la recherche de savon, de dentelles, de costumes de danse orientale ou de djellabas, de linge de maison, de bijoux, de plateaux d'argent martelés ou encore de parfums réalisés à la minute, sous les yeux des clients. Avec Rima et Zeina, il était obligatoire de faire un détour par les minuscules bijouteries tout en longueur, immenses couloirs remplis du sol au plafond… Il en avait passé, des heures et des heures, dès l'aube, période la moins chaude de la journée, à faire des emplettes avec elles, les premières femmes de sa vie.

Saïd était à la recherche d'un étudiant qui saurait partager sa passion pour la culture et la littérature du Moyen-Orient. Quelqu'un de passionné par l'histoire des civilisations arabes, un curieux des cuisines méditerranéennes, un amateur de poèmes arabes, et de contes des *Mille et Une Nuits*. La rencontre avec Bassam, un étudiant plus âgé, libanais et en fin d'études littéraires spécialisées, avait sonné pour lui comme une évidence.

Au fil des semaines et des mois, un lien solide, mélange de respect et de complicité, s'était tissé. Il lui faisait confiance. Et dans la mesure imposée par la relation entre le patron et son employé, et par leur tempérament plutôt timide et discret, une amitié originale était née.

Un mercredi par mois, Bassam avait proposé à Saïd la mise en place d'un atelier de lecture dans un coin de la librairie. Il était destiné aux enfants et le thème était orienté autour des contes et légendes. Saïd avait développé tout un rayonnage sur ce thème qui rencontrait un succès constant. Bassam lisait le début d'un conte, en français et en arabe, et il passait ensuite le relais à un volontaire. Autour d'un thé à la menthe, les participants, une dizaine environ, donnaient leur avis, discutaient de l'histoire et de sa moralité, et les échanges se révélaient bien souvent passionnants. Parfois, Bassam proposait aux amateurs d'imaginer d'autres fins possibles aux contes, un peu à la manière d'un atelier d'écriture.

Les après-midis, Bassam rentrait à la maison et étudiait jusqu'au retour de Camille. Lui qui ne se pensait pas bâti pour les études supérieures, voilà que ces dernières rythmaient et occupaient son quotidien depuis plusieurs années déjà. C'était son caractère : il se donnait corps et âme, ou ne tentait rien du tout. Il le faisait aussi à la mémoire de sa famille qui l'avait élevé, pour ses petites sœurs qui n'avaient jamais pu avoir pareille chance. Pour toutes ces raisons-là, il ne baissait pas les bras.

Pour Camille, les temps étaient beaucoup plus calmes et la normalité du quotidien avait repris ses droits. Son livre avait été publié et rencontrait un succès modeste, mais suffisant pour attirer encore plus de monde à la pâtisserie et honorer son chef.

Elle avait aménagé ses horaires comme elle le souhaitait, accordée avec son équipe de choc. Le chef gardait un œil (et une assiette)sur son établissement, mais à distance, car il s'était désormais totalement éclipsé dans les joies d'une retraite gourmande.

Le couple était heureux, épanoui dans cette vie où chacun trouvait son équilibre personnel et parvenait à se construire. Professionnellement, mais aussi socialement, car Bassam s'était parfaitement fondu dans l'entourage familial et amical de Camille.

Il aimait sincèrement ses beaux-parents, Laurent et Nathalie, et accordait une grande importance aux moments des retrouvailles. Il se sentait aimé et comblé au sein d'une famille qui lui ouvrait grand les bras.

Il avait également appris à connaître et comprendre les liens forts qui unissaient Camille, les jumelles et leurs parents. De part et d'autre, il s'agissait de familles réduites, aux structures et relations compliquées. Au milieu, deux couples qui, durant de longues études, avaient tissé des liens d'amitié devenus des liens familiaux. Parents, ils avaient naturellement uni leurs filles par une amitié d'enfance précieuse et indéfectible. Bassam était conscient de l'importance que celle-ci revêtait aux yeux de Camille.

Elle fonctionnait beaucoup par référence aux jumelles. Leurs points communs étaient multiples, autant que leurs centres d'intérêt. Petites, il était facile de les prendre pour des sœurs, surtout lorsque les deux familles partaient en vacances ensemble, c'est-à-dire pratiquement chaque été. À Noël, le hasard pouvait amener les mêmes cadeaux sous le sapin. À distance, il n'était pas rare que les filles garnissent leurs garde-robes respectives à l'identique, sans s'être concertées. Elles s'écrivaient tous les jours, pour parler de tout et de rien, de la dernière robe de cette marque hors de prix sur laquelle Pauline avait flashé, à la dernière lubie sportive que Camille s'était mise en tête, en passant par les angoisses irrationnelles de Marie, jeune maman hyperactive. Toutes les trois en avaient besoin, cette relation était leur soupape de sécurité, le fil conducteur de leur vie.

Au milieu de ce trio, Bassam avait appris à connaître et apprécier Nino, l'époux de Marie. Et puis, quatre ans plus tôt, Valentin s'était greffé à la joyeuse bande. La semaine où Camille était allée rejoindre Bassam à Naples, Pauline avait fait une mauvaise chute à la danse. Cela ne l'avait pas empêchée de danser par la suite, mais cela lui avait permis de rencontrer Valentin, lors des séances de rééducation kinésithérapeutique qu'elle devait suivre plusieurs fois par semaine, dans son cabinet.

Enfin, à l'université et à la librairie, notamment par le biais de ses ateliers du mercredi, Bassam avait également fait de belles rencontres. Et le cercle d'amis du couple s'était agrandi : des immigrés comme lui, des étudiants amoureux des lettres ou même de cursus différents du sien, ou encore des parents en quête de transmission de leur culture à leurs enfants.

Bassam était toujours aussi amoureux de Camille. Ses qualités étaient aussi nombreuses et précieuses que ses vilains défauts. Là où lui était pudique et réservé, elle était passionnée et démonstrative. Elle ne faisait rien à moitié. Elle était généreuse, mais exclusive. Souple, ouverte et tolérante, mais parfois rigide et incommodée par le moindre changement. Lui était doux, réfléchi et patient. Elle était sujette aux montagnes russes émotionnelles, heureuse à l'infini, ou terriblement triste et fermée aux autres. Mais de défaitiste et abattue, elle pouvait rebondir au prix de gros efforts intérieurs, et déployer assez de forces pour le soutenir quand il en avait besoin. Lui était doté d'une humeur égale. Sans doute était-ce en lien avec son passé. Aujourd'hui, ce qui le rendait heureux et épanoui, c'était elle et leur vie, aussi simple et routinière fut-elle. Il aimait ce quotidien banal et les petits plaisirs de la vie qu'il lui procurait. Ils s'aimaient et évoluaient côte à côte, dans une harmonie qui leur allait bien.

Bassam avait eu une enfance joyeuse et modeste au Liban. Un pays où la vie pouvait être rugueuse et exiger de lui qu'il mûrisse plus vite que les autres enfants. Mais un pays où la vie offrait aussi des moments d'insouciance, tels que les enfants peuvent les connaître au sein d'une famille unie et aimante. Bassam avait connu le bonheur familial et le malheur de le perdre. Aujourd'hui, avec Camille, il accueillait des sentiments similaires à ceux de son passé. Et c'était précisément ce qui lui permettait aujourd'hui de se sentir prêt à franchir une nouvelle étape.

Chapitre 26

Camille avait bien dormi cette nuit, même un peu plus tard que d'habitude. Se réveiller à neuf heures le samedi était une victoire, quand elle se levait à l'aube en semaine. Ce week-end, avec Bassam, ils resteraient en amoureux à la maison. De temps en temps, ils aimaient bien profiter de leur appartement et de Paris, dans leur petite bulle. Sport, séance de cinéma, balades, cuisine et pâtisserie, rien d'extraordinaire, mais de quoi se ressourcer et se reposer sereinement. Elle aimait ce genre de perspectives au réveil, la sensation que la journée serait longue d'heures agréables.

Bassam était déjà debout, toujours avant elle. C'était un lève-tôt, la semaine, comme le week-end et les vacances. Vers six heures trente ou sept heures du matin, son quota de sommeil était atteint, il était en forme. Il devait sûrement être en train de travailler ses cours, inlassablement.

Quelle ne fut pas sa surprise quand, en arrivant dans le salon, Camille trouva, non pas une table recouverte de cours, de feuilles volantes éparpillées et de livres ouverts… mais le couvert du petit déjeuner dressé, leurs plus jolies assiettes sorties, sa viennoiserie préférée sur l'une d'elles, une rose pâle posée en travers de la table, et un petit écrin de velours bleu tout à côté.

Chapitre 27

Plus jeune, lorsqu'elle était adolescente, Camille avait souvent pensé qu'elle ne trouverait pas de garçon qui tomberait amoureux d'elle. Jeune adulte, elle s'était découvert un petit succès auprès des hommes, même si aucun d'entre eux ne retenait vraiment son intérêt. Elle était difficile et exigeante, et elle fonctionnait beaucoup au coup de cœur. Alors, forcément, c'était plus rare. Et puis, elle avait toujours mis au premier plan son rêve de devenir pâtissière.

Évidemment, elle avait hâte de rencontrer celui qui chamboulerait son cœur. Cela avait commencé à la préoccuper la première fois que Pauline avait connu l'amour. Et puis, cela s'était renforcé quand Marie avait rencontré Nino et que leur histoire avait duré. Déjà dix ans qu'ils semblaient filer le parfait amour. Mais au fond, cela ne l'inquiétait pas outre mesure. Elle croyait en la vie et ses surprises, et s'en remettait à cela. Et puis, elle avait sous les yeux le modèle de ses parents. Tombés amoureux pendant leurs études, heureux dans leur vie de couple, épanouis dans leur rôle de parents, dans cette vie à deux retrouvée quand elle avait quitté le nid, solides et toujours amoureux l'un de l'autre. Bien sûr, avec le temps et l'âge, c'était un amour différent, vieilli, mature. Elle s'était toujours imaginée elle aussi, un jour, regarder son mari avec la même tendresse et le même regard que ses parents portaient l'un sur l'autre au quotidien. Comment ne pas nourrir le même genre de rêve avec pareil exemple ?

Et puis, il y avait eu cet été 2012, qui avait tout changé. Âgée de presque 24 ans, elle tombait amoureuse de Bassam. Une rencontre improbable, une complicité et une attirance qui s'étaient construites et intensifiées au fil du temps. Et aujourd'hui, cinq ans après, Bassam désirait qu'elle devienne sienne, sa femme…

Ces deux-là n'auraient jamais dû se croiser sur les chemins de la vie… Et pourtant, Camille saisit son destin et se jeta sans hésiter dans le monde des adultes. La réponse était oui.

Bassam tournait et se retournait dans le lit depuis l'aube. Il avait fini par se lever et s'activer discrètement dans le salon pour préparer ce réveil spécial. Il était nerveux et avait encore du mal à réaliser quel magnifique pas il s'apprêtait à sauter. Il voyait en Camille sa complice, son amoureuse, sa moitié, cette fille formidable qui l'intéressait, le captivait, le faisait rire… Camille, sa future femme, sa famille.

Ils avaient déjà discuté de s'engager l'un envers l'autre. Par amour, mais aussi parce que nul n'ignorait qu'une union par le mariage permettrait à Bassam d'obtenir la nationalité française. Cette idée le tracassait. Il ne voulait pas qu'elle s'imagine qu'il ne cherchait qu'à obtenir la nationalité française par sa demande. Mais Camille, l'ayant bien compris, plaisantait souvent à ce sujet, affirmant qu'il n'aurait pas de réponse négative, parce qu'elle adorait l'idée de s'appeler Al Jallil. La redondance des deux « l » s'accordait à merveille avec celle du prénom Camille. L'argument ultime, non ? Cela avait conforté Bassam dans sa décision.

Si seulement ses parents étaient encore en vie ! Il aurait été si fier de leur présenter sa fiancée !

Il avait cru perdre son identité le jour où sa famille avait péri, victime du conflit sans fin entre le Liban et Israël. Il avait eu le cœur brisé et, parfois encore, il lui arrivait de se demander grâce à quelles ressources il leur avait survécu. Et voilà que, dans quelques minutes, il demanderait à Camille, son bel amour, de devenir sa femme. Il souhaitait ardemment former une famille avec elle, l'aimer, la chérir, la gâter, la protéger et prendre soin d'elle comme de ce qu'il avait désormais de plus précieux au monde. Quelle revanche sur la vie ! Quel honneur ! Et quel hommage à sa famille, si injustement, si précocement disparue.

Un jour, bien longtemps auparavant, son père avait demandé la main de sa mère, Wajiha. Il lui avait offert ce qu'il possédait de plus beau : la bague héritée de sa défunte grand-mère. Elle la lui avait remise lorsqu'il avait été en âge de la recevoir, lui demandant de l'offrir à une belle fille du pays, à condition qu'il lui promette de la traiter aussi précieusement que ce bijou. La bague que Bassam s'apprêtait à offrir à Camille avait orné l'annulaire de plusieurs femmes, futures épouses Al Jallil, en particulier Wajiha. Cela rendait la demande qu'il s'apprêtait à formuler ce jour-là encore plus lourde de sens.

Il portait sur ses épaules le poids de lourdes traditions et espérait être à la hauteur de tous les hommes passés par là avant lui.

Aujourd'hui, à son tour, Bassam voulait porter fièrement son nom et son histoire.

Alors, quand il s'agenouilla devant une Camille ensommeillée, stupéfaite, les deux mains plaquées sur les joues, dans son pyjama enfantin, qu'il lui demanda de lui faire l'honneur de devenir sa femme, et qu'elle répondit simplement « oui », son cœur explosa de bonheur dans sa poitrine.

Camille découvrit une fine bague en or rose, avec un discret diamant rond. Sobre et élégante, à l'image de Bassam. Elle ornait à merveille sa longue main délicate. Des mains de pianistes, disait souvent sa mère.

De tout le week-end, ils n'en parlèrent à personne. Le secret les portait sur un petit nuage et transformait ces deux jours en un instant hors du temps et loin du monde.

Seul le père de Camille était dans la confidence. Bassam avait tenu à faire les choses dans les règles de l'art. Aussi, lors de leur dernier week-end chez ses beaux-parents, il avait saisi l'occasion d'un moment entre hommes pour se lancer. Souvent, Laurent profitait de la visite des enfants, comme il disait, pour solliciter les muscles de Bassam dans des tâches de bricolage. Il avait eu un accident de voiture, quelques années auparavant, en glissant sur la route un jour de pluie torrentielle. La voiture s'était retrouvée dans un fossé, après avoir percuté un arbre et effectué plusieurs tonneaux impressionnants.

Nathalie n'était pas avec lui ce jour-là, fort heureusement. Résultat, des côtes fêlées et surtout, le sternum fracturé. Porter des charges lourdes était devenu compliqué et douloureux, même si Laurent restait robuste et musclé. Ce jour-là, il fallait ranger les bûches de bois tout juste livrées dans l'abri à côté de la maison. Bassam avait attendu qu'ils aient terminé pour demander officiellement à Laurent la main de sa précieuse petite Camille. Son beau-père la lui avait accordée, avant de l'embrasser chaleureusement et de le serrer dans ses bras. Bassam se souvenait de l'émotion qu'il avait alors ressentie, celle d'être ainsi pris dans les bras d'un père.

À la fin du week-end, les fiancés firent leur annonce à l'entourage. Camille voulut préparer davantage la surprise pour les jumelles, en les invitant à la maison le jeudi soir suivant. Elle demanderait à chacune d'être son témoin de mariage. C'était une évidence pour elle que d'être épaulée de ses sœurs de cœur pour un jour si important.

Les filles se réunirent et la soirée se révéla riche en heureuses nouvelles. Pauline, les deux mains couvant son ventre, annonça que Valentin et elle s'apprêtaient à devenir parents. À tout juste trois mois, son ventre pointait déjà. Pauline tapota deux endroits du bout de chaque index, révélant la surprise des jumeaux… qui n'en était pas vraiment une. La tradition avait frappé ! Les naissances étaient prévues pour septembre.

De son côté, Bassam avait demandé à Assem, le cousin dont il était le plus proche, d'être son témoin. Il espérait que lui, son épouse Sadouf, et leur adorable petite fille

Léli seraient présents, même si lui ne l'était pas à leurs noces, à l'époque.

Quand Bassam posa sa tête sur l'oreiller ce dimanche soir, fiancé à Camille, il s'endormit en pensant combien la vie était devenue belle, grâce à celle qui dormait contre lui.

Chapitre 28

Camille et Bassam souhaitaient un mariage des plus simples. Au mois de juin 2019, un peu plus d'une année après s'être fiancés, ils donnèrent rendez-vous à leurs familles et amis à onze heures précises, un samedi matin, à la mairie de leur arrondissement.

Les parents de Camille étaient présents, tout en élégance. Distinguée, Nathalie portait une robe bleu marine discrètement fleurie, largement décolletée dans le dos. Laurent était assorti à son épouse, vêtu d'un superbe costume bleu nuit en lin. À leurs côtés, Suzette et Jean, les parents des jumelles, patientaient en attendant l'entrée des futurs époux, presque aussi émus que s'ils mariaient l'une de leurs filles. Les grands-parents des jumelles se tenaient à leurs côtés.

Pauline et Valentin étaient présents, un bébé par paire de bras. Leurs enfants étaient nés depuis déjà neuf mois. Les jeunes parents avaient souhaité connaître le sexe des bébés, sachant pertinemment qu'ils ne tiendraient pas le secret durant toute la grossesse. Et l'échographiste leur avait pronostiqué un garçon et une fille, un de chaque. Mais à l'accouchement, si l'aînée était bien une petite fille, le second bébé se révéla être au féminin également ! Valentin et Pauline, leurs plans chamboulés, durent réfléchir rapidement à un prénom pour leur deuxième fillette.

Pauline avait toujours eu envie d'honorer sa grand-mère maternelle, aujourd'hui disparue, en donnant son prénom à sa fille, si elle en avait une : Emmée. Elle adorait cette grand-mère et, paraissait-il, lui ressemblait terriblement : une longue chevelure blonde bouclée d'anglaises, des yeux marron malicieux aux reflets verts, un petit nez en trompette et un sourire timide et charmant. C'était cette grand-mère, que les filles surnommaient « Mémmée », qui leur avait transmis le goût de la coquetterie. Elle prenait soin d'elle et se pomponnait avec élégance. Les jumelles l'avaient toujours connue apprêtée, et cela jusqu'à son plus vieil âge.

Pauline espérait que, comme Marie et elle, ses petites filles hériteraient de ses belles et longues mains. Pauline revoyait Mémmée qui bouquinait dans son rocking-chair, sur la terrasse de sa maison, en front de mer. Ses longs doigts fins, à la manucure impeccable, caressaient les pages des livres avec douceur, au fil de sa lecture, dans des mouvements délicats. Une habitude peu banale et qui faisait sourire Pauline et Marie. Une fois, Marie jura même avoir vu Mémmée pencher sa joue près d'une page, pour en recevoir la caresse. Quelle tendre grand-mère elle fut.

Quant à leur présumé petit garçon, les jeunes parents décidèrent de transformer leur idée première, en la féminisant simplement. Ainsi, née juste après Emmée, ils accueillirent la petite Maxine.

Nino et Marie étaient accompagnés de leurs jumeaux, qui avaient bien grandi et étaient terriblement craquants dans leurs minicostumes trois-pièces shorts et nœuds papillon, parfaitement assortis à leur père.

Des collègues et amis pâtissiers de Camille ayant pu se libérer un samedi étaient venus avec plaisir. Le chef de Camille et sa femme lui faisaient également l'honneur de leur présence. Enfin, Camille avait invité sa plus vieille amie, Léa, rencontrée au collège et jamais perdue de vue depuis.

Du côté de Bassam, son cousin et témoin Assem avait répondu avec honneur à sa demande. Il était accompagné de son épouse Sadouf et de Léli, leur petite fille qui grandissait elle aussi à vive allure. Hicham, le frère aîné d'Assem, avait également fait le déplacement, avec sa femme Wassila et leurs enfants.

Tante Rabab n'était pas venue, le voyage et les émotions étant au-dessus de ses forces. Elle avait témoigné à Bassam son bonheur et sa fierté à son égard, ainsi que l'amour qu'elle portait déjà à sa future femme, Kamil, comme elle le prononçait. Qu'Allah les bénisse et leurs enfants à venir avec eux.

Lors de leur dernier appel téléphonique, Tante Rabab avait beaucoup pleuré. D'abord de joie pour son neveu qui s'épanouissait enfin, et ensuite de tristesse, car il était injuste que Wajiha ne soit pas à sa place, en train de féliciter un fils qui avait courageusement quitté le nid et qui fondait une famille, comme elle-même l'avait fait à l'époque, dans le contexte si difficile de la guerre civile qui déchirait le pays de toutes parts.

Tante Rabab lui avait ensuite raconté cette période de leur vie, dont elle se souvenait encore parfaitement. Les sœurs, endeuillées, survivaient à leurs parents disparus trop rapidement. Rabab berçait son aîné, tandis que Wajiha devenait une épouse. Toutes les deux savaient venues la fin de l'enfance et la rudesse de la vie adulte. Heureusement, elles firent des mariages d'amour, choisis et heureux, qui les sauvèrent et leur permirent de croire encore à un avenir.

Le 30 juillet 2006, quand la bombe israélienne avait emporté la vie de sa sœur, Rabab avait senti une partie d'elle mourir aussi. Seulement, il n'y avait pas de place pour son malheur… Son neveu Bassam nécessitait secours et soutien. Rabab était prête à faire tous les sacrifices pour lui. Son instinct de protection avait pris le dessus. Elle n'en avait jamais rien dit à personne, mais elle avait souffert comme jamais elle n'aurait cru cela possible. Elle avait connu l'amour avec son mari, la guerre, le deuil de sa mère, puis de son père, la joie infinie d'être mère, la destruction puis la reconstruction de son pays, et pour achever cette funeste liste, le deuil impossible d'un mari enlevé durant la guerre et jamais retrouvé, mais jamais elle n'avait traversé une douleur aussi violente et tenace. À la mort de sa sœur, quand la dernière flamme qui animait son cœur s'était éteinte, Rabab avait compris combien Wajiha était sa source de bonheur et sa raison de vivre.

Physiquement, Rabab aurait sans doute pu monter dans un avion et assister aux noces de Bassam et Camille, mais psychiquement, elle ne s'en sentait pas la force.

Elle était vieille avant son âge, usée par une vie harassante qui ne lui avait accordé aucun répit.

La rencontrant enfin, les Libanais s'étaient montrés reconnaissants envers Camille de prendre soin de Bassam. Ils étaient ravis d'accueillir « la petite Française », comme ils disaient affectueusement, dans leur famille. Elle était déjà invitée cent fois au Liban.

La famille de cœur de Bassam, les Italiens, étaient fidèlement venus l'accompagner dans cette nouvelle étape de sa vie. Ghassan, Livia, Gianmarco et même Giuseppina, la maman de Livia, s'étaient déplacés. Adriano, son ancien collègue de la *Pizzeria Giulia* faisait également partie de la fête. Quelques compagnons d'université complétaient la liste des invités, et même Saïd le libraire et son épouse Dominique, étaient venus célébrer le mariage de Bassam, pour qui Saïd avait désormais beaucoup d'affection.

La famille Al Jallil brillait par son absence et le fils en avait le cœur lourd. Voilà longtemps qu'il n'avait plus ressenti cette douleur si vivement.

À la mairie, la cérémonie fut brève et émouvante. Camille entra dans la salle au bras de Laurent, qui l'accompagna jusqu'à Bassam. Celui-ci l'attendait devant le bureau du maire et lui attrapa la main pour l'inviter à le rejoindre. Derrière eux, les invités s'étaient mélangés et répartis de part et d'autre, prenant soin de ne pas se diviser. Le maire officia et Bassam promit amour, fidélité et soutien inconditionnel à une Camille émue qui lui cria littéralement son « oui ! ». La foule applaudit de longues minutes et leur premier baiser de couple marié fut salué de sifflements et cris de joie. Les témoins de

Camille signèrent leur partie du registre, puis ce fut au tour d'Assem d'apposer fièrement sa signature.

À la sortie de la mairie, une photo du couple fut prise en haut des escaliers sur le perron ensoleillé. Le sol avait été recouvert de pétales de roses blanches, que les invités avaient lancés lorsqu'ils avaient franchi les portes.

Bassam se tenait digne et beau dans son costume trois-pièces bleu foncé à discrètes rayures verticales, orné d'un nœud papillon foncé et de boutons de manchette assortis. Plus subtilement, si on approchait l'œil du cliché, on pouvait voir dépasser de la poche extérieure de sa veste, sur la poitrine, un bout du voile de sa mère soigneusement plié. Ce que l'on ne distinguait pas, en revanche, c'était les lunettes noires à une seule branche, celles de son père, glissées dans sa poche interne.

Camille était sublime, dans sa longue robe qu'elle portait avec grâce et élégance. Elle avait opté pour une mousseline fluide, d'un blanc impeccable. Sur la poitrine, le bustier de dentelle raffinée présentait une légère découpe en cœur. Il était maintenu par d'épaisses bretelles, conçues dans la même dentelle, mais plus transparentes, et qui remontaient le long de ses épaules fines. Sous une délicate ceinture qui marquait sa taille de guêpe, le tissu retombait avec fluidité le long de ses jambes, dans une coupe évasée formant une traîne qui ondulait à chacun de ses mouvements. La photo ne dévoilait pas l'arrière de la robe : plus jolie encore sous cet angle, les bretelles descendaient en un profond décolleté en V, dégageant ainsi son joli dos musclé. Du haut de son mètre soixante-dix, et aux côtés de son grand mari qui dépassait le mètre quatre-vingt-cinq, elle s'était autorisé une paire de hauts talons couleur champagne rosé, comme disait sa mère, assortis à sa bague de fiançailles et à son alliance. Deux épaisses lanières froncées se croisaient devant et de fines brides retenaient l'arrière du pied au niveau du talon et de la cheville.

Elle avait maquillé ses grands yeux de biche, en allongeant ses cils d'un mascara noir et en les surlignant d'un trait de crayon mordoré. Sur sa bouche, elle portait un rouge à lèvres coquelicot, assorti au dernier flacon de parfum que Papé lui avait offert. Lui aussi était auprès de sa petite fille aujourd'hui. Sa longue crinière brune aux reflets dorés était relevée de part et d'autre de sa tête, et maintenue par des petites pinces discrètes. Ses jolies anglaises naturelles pouvant ainsi balayer son dos. Enfin, elle portait aux oreilles les perles de sa chère grand-mère, et au poignet un fin bracelet en or rose, offert par sa mère.

Après la cérémonie, mariés et convives prirent la route en direction de la campagne tourangelle des parents de Camille. Il était prévu que la fête s'y déroule tout le long du week-end. La maison avait été décorée pour l'occasion, dans un style bucolique élégant. Le soleil étant au rendez-vous, les festivités se dérouleraient en partie dans le jardin. Deux grandes tentes de réception avaient été plantées le long de la haie, et abritaient le cocktail et l'apéritif. Le service était assuré par quelques serveurs professionnels, recrutés pour l'occasion.

Le soir, les joyeux convives se déplacèrent, à quelques kilomètres à peine de la maison, dans un grand gîte voisin, pour que le dîner soit servi. L'endroit était superbe, surtout baigné de la lumière de fin de journée. Une grande bâtisse typique de la région dominait un parc de plusieurs hectares, entretenu et fleuri, au bout duquel se trouvait un grand lac couvert de nénuphars, hébergeant même quelques cygnes et canards.

La salle de réception était intime, bien que plutôt vaste. Elle ressemblait à s'y méprendre à l'intérieur d'une église, avec son format en croix. Ce qui correspondrait à la nef était un large espace, encadré de poutres de bois en chêne clair, remontant de part et d'autre des murs et se rejoignant en s'arrondissant au plafond. Cette étonnante charpente dissimulait en fait un balcon, qui courait tout autour de la pièce. Le sol était en parquet clair également, assorti aux poutres. Les murs de pierres blanches donnaient beaucoup de cachet et d'élégance au lieu, et une imposante cheminée très fleurie parachevait le décor. En guise d'éclairage, deux grands lustres modernes donnaient une lumière douce et chaleureuse et des bouquets de lys d'un blanc éclatant, disposés un peu partout dans la pièce, peaufinaient cette impression de clarté. Les tables rondes étaient dressées sobrement, toujours dans les tons blancs et bois. C'était un cadre idéal pour célébrer un mariage estival.

Les festivités culinaires libanaises étaient accompagnées de champagne, puisqu'il se mariait avec tout, répétaient souvent Suzette et Nathalie en trinquant. Les origines du marié étaient donc à l'honneur, dans un défilé incessant et généreux de mézés froids, *labné, moutabal,* taboulé, houmous, moussaka ; de mézés chauds, saucisses *makanek, sojouk, fatayers, rakakat, sambousek, kebbé,* falafels, et de grillades, keftas, *chiche-taouk,* bœuf, agneau.

Le plat principal, très cher au cœur de Bassam, était un *moghrabieh*, qui trônait sur chaque table. Le repas dura jusque tard dans la nuit et se termina par une farandole de desserts typiques. Le lendemain, un brunch, dirigé d'une main de chef par Camille, serait organisé dans la maison d'hôtes, où plusieurs des invités passeraient la nuit.

Les mariés ouvrirent le bal en dansant tous les deux, tourbillonnant l'un contre l'autre, dans un moment de tendresse très touchant. Bassam détestait être le centre de l'attention, et tout le monde le savait. C'est pourquoi les invités jouèrent le jeu et rejoignirent rapidement la piste de danse.

Les épouses d'Assem et de Hicham, Sadouf et Wassila, firent la surprise d'une danse orientale. Sadouf était une professionnelle et la chorégraphie avait été soigneusement préparée, le spectacle était superbe. Elles dansèrent sur un mélange des classiques d'Oum Kalthoum, célèbres et indémodables dans tout le Moyen-Orient, qui réveillèrent beaucoup d'émotions et de souvenirs dans le cœur de Bassam, surtout lorsqu'elles ondulèrent sur les toutes premières notes de la chanson « *Alf leila aw leila* ». Comme il avait aimé écouter chanter sa mère ! Chacune portait un costume traditionnel, un soutien-gorge bandeau et une jupe constituée d'une épaisse ceinture de voilages noirs tombant sur les jambes ; l'une ornée de sequins et perles dans les tons violets, et l'autre dans les tons rouges. Elles étaient belles comme la nuit !

Lorsqu'elles achevèrent leur représentation, la musique changea du tout au tout et les cousins arrivèrent en costumes traditionnels, eux aussi, pour danser la *dabké* libanaise. Bassam n'avait même pas remarqué qu'ils s'étaient éclipsés, tant il était subjugué par la beauté de Sadouf et Wassila, déesses envoûtantes de la danse.

La *dabké* était une danse folklorique, rythmée et enflammée, dans laquelle hommes et femmes se tenaient la main et frappaient le sol du pied, entraînant la foule avec eux. En arabe, *dabké* signifiait « coup de pied », c'était dire l'ambiance que les Libanais créèrent à leur arrivée, surtout après la délicatesse de leurs épouses ! La *dabké* était différente selon qu'elle était dansée au Liban, en Syrie, en Jordanie, en Irak, ou encore en Palestine. Dans celle-ci, le meneur était Hicham, son collier de perles *masbaha* dans la main, celle de son frère dans l'autre. Il pouvait laisser libre cours à l'improvisation et inviter qui souhaitait se joindre à la chaîne. Les cousins n'eurent qu'à patienter quelques secondes avant d'être rejoints sur la piste, en premier lieu par Saïd et son épouse Dominique. Bassam adorait cette danse et le rythme lui entra directement dans la peau, comme une décharge électrique. Il fut saisi d'une irrépressible envie de danser. Il surprit tout le monde en se mêlant à ses cousins si vite et en dansant avec eux avec passion. Lui qui était si timide…

Camille ne l'avait jamais vu si assuré au milieu des regards. Il dansait et s'amusait, il frappait du pied énergiquement sur le sol et finit même par danser pratiquement assis par terre, tant il vivait ses mouvements. Elle le trouva très beau, immergé ainsi dans ses origines avec tant de confiance et de fierté. Il finit par devenir lui-même meneur et utilisa le voile de sa mère à la place de la *masbaha*, une variante de la tradition qui se faisait aussi. Rapidement, Laurent et Jean se prêtèrent au jeu et d'autres hommes les retrouvèrent et dansèrent, plus maladroitement, aux sons des *derboukas*, *neys* et *mijwizs*.

Le père de Camille fit un discours, bref et très touchant. Il s'adressa d'abord à sa fille, lui témoignant la fierté d'être son père et l'amour qu'il lui portait. Puis à Bassam, qu'il considérait comme un fils et accueillait officiellement dans leur famille, bien qu'il l'ait adopté officieusement depuis les débuts. Il mentionna aussi les absents, ses parents disparus depuis longtemps, la mère de Nathalie, et plus récemment Papé, que Camille aimait tant.

Plus pudiquement, Bassam, incapable de prendre la parole devant la foule, remercia simplement Camille et ses beaux-parents. Il remit aussi timidement à sa femme quelques lignes qu'il avait écrites, avant de l'embrasser et de la serrer tendrement dans ses bras.

Camille, plus à l'aise avec les mots, lut les siens à Bassam. Elle lui dit combien elle était certaine qu'il était l'amour de sa vie et combien il l'avait changée. Elle remercia Pauline, qui avait eu une furieuse envie de boire un Coca-Cola, son péché mignon inexplicable, le long du Lungomare de Naples, et salua l'inattention de celui qui avait mal vissé ce grand parasol qui leur était tombé dessus.

Elle ouvrit son cœur à Bassam, balayant les petits riens du quotidien, comme les choses plus sérieuses de la vie à deux. Elle lui livra son bonheur d'être tous les jours auprès de lui, leur routine matinale, leurs messages dans la journée, la hâte irrépressible qui la saisissait parfois à l'approche des retrouvailles de fin de journée, leurs dîners en amoureux, les séries télévisées qui les rendaient accros, leurs sorties, leurs siestes, leurs footings, leurs escapades en amoureux ou leurs voyages plus exotiques. Tout ce qui faisait leur vie et dont elle essayait de profiter à chaque instant à ses côtés.

Elle termina en lui témoignant la fierté qu'elle avait ressentie en le présentant à sa famille et lui révéla la peine immense et les regrets qu'elle partageait désormais avec lui, d'une certaine manière, de ne pas connaître ses parents et ses petites sœurs. Tout en lisant ses mots, l'émotion submergeait Camille, qui avait bien du mal à poursuivre sa lecture d'une voix posée. Elle portait réellement avec lui le poids de ce drame, dont les causes les dépassaient tous les deux.

Elle lui exprima l'émotion et le plaisir qu'elle aurait ressenti d'avoir Wajiha comme belle-mère. La relation qu'elle s'imaginait avec elle, le plus souvent à distance sans doute, mais qui aurait eu quelque chose d'extraordinaire auprès de cette mère tendre et aimante. La cuisine et la pâtisserie qu'elles auraient échangées, les anecdotes de l'enfance de Bassam qu'elle lui aurait longuement contées.

Elle aurait adoré que ses jeunes belles-sœurs, Rima et Zeina deviennent au fil du temps ses amies et complices. Qu'elles lui apprennent à parler l'arabe ou qu'elles lui enseignent la danse orientale.

Enfin, elle termina en évoquant le père de Bassam, cet homme fier et courageux, si souvent décrit et loué par lui. Elle exprima sa conviction d'avoir la chance de connaître un peu Nasser au travers des belles qualités de son fils.

Bassam n'avait pas perdu une miette de la déclaration d'amour de sa femme, les yeux brillants et le cœur gonflé de reconnaissance. Comme il était chanceux de l'avoir épousée !

Chapitre 29

Le lundi suivant le mariage, Bassam et Camille s'envolèrent pour une semaine italienne, d'abord en pèlerinage dans le Napoli qui les avait unis, puis en direction de la Sicile. Il s'agissait d'une sorte de pré-voyage de noces. Car les jeunes mariés avaient pour projet de s'envoler au bout du monde au mois de mai suivant, le temps d'économiser et de préparer le voyage qui les faisait rêver.

Naples était familière et accueillante. Ils y restèrent trois jours, et pour l'occasion, la famille leur offrit trois nuits dans l'un des plus beaux hôtels du Lungomare. Ils séjournèrent dans une suite superbe, avec vue sur la Méditerranée et le Vésuve. Cette fois-ci, ils choisirent de découvrir la mythique île de Capri, où ils passèrent la journée. Loin du brouhaha de la ville vidée de son affluence touristique, l'île se révélait charmante et paisible. Bassam fit découvrir à Camille la surprenante Via Krupp : une promenade pavée formant un sinueux lacet, qui partait des jardins d'Auguste et descendait le long de la falaise escarpée. Ils déjeunèrent dans un luxueux restaurant de poissons, et profitèrent de la chaleur de l'après-midi au bord de l'eau.

Ils regagnèrent Naples par le ferry, en fin de journée, et Camille put entretenir la tradition de s'endormir sur les genoux de son mari, cette fois, durant le trajet.

En Sicile, ils firent une courte halte du côté de Catane, pour monter sur l'Etna. Près de quarante kilomètres de marche, et quelle douleur ! Jamais elle n'avait eu si mal aux jambes.

L'ascension du volcan leur parut plus sauvage que celle du Vésuve, qu'elle avait tout de même escaladé à deux reprises, dont une avec Bassam. Mis à part les meutes de chiens hurlants dans les résidences de la montagne, il n'y avait pas un bruit. L'ambiance pouvait presque être inquiétante, si bien qu'après s'être trompés de route deux fois, au départ de leur randonnée, ils décidèrent d'arrêter une voiture pour demander des informations. Son occupante leur proposa de les conduire au bord de la route principale, un trajet moins séduisant, mais bien plus sécurisé pour démarrer le long périple qui les attendait. La conductrice les mit d'ailleurs en garde contre les chiens errants qui pouvaient se montrer agressifs.

La route était longue et infinie jusqu'au lointain sommet. Arrivés là-haut, ils firent une halte au refuge touristique pour reprendre un peu de forces. Ils marchèrent encore un peu autour d'un ou deux des nombreux cratères visibles, et entamèrent la descente du retour. Le spectacle tenait ses promesses et était tout aussi époustouflant que les guides le décrivaient.

Leur semaine s'acheva à Syracuse, ville qui plut beaucoup à Bassam, car elle les plongeait dans une ambiance italo-orientale. L'architecture des bâtiments, les palmiers et le climat lui rappelaient les pays arabes et leur ambiance. Ils profitèrent de la *dolce vita*, comme les jeunes mariés qu'ils étaient désormais.

Côté gastronomie, ils dégustèrent une tarte à la pistache divine. Camille écrivit même une quantité impressionnante de notes à son sujet. Elle dut en manger trois fois durant le séjour, avant d'être satisfaite de son analyse gustative. À ce moment-là, Bassam était bien loin de s'imaginer qu'une fois rentrés à la maison, elle ferait de cette tarte sicilienne son cheval de bataille, ni qu'elle réaliserait des dizaines et des dizaines d'essais pour la reproduire de ses mains ! Elle irait même jusqu'à téléphoner à l'établissement, pour leur demander d'en partager la recette originale. Mais tout comme leur voyage de noces idyllique, le souvenir resterait sur le sol italien.

De retour à Paris, tous deux eurent un peu de mal à retourner à la réalité après cette parenthèse enchantée. Et puis, naturellement, le quotidien reprit ses droits.

Ayant reçu plusieurs sollicitations de clients, et notamment les plus jeunes d'entre eux, qui participaient aux ateliers de contes, ou de passionnés du Moyen-Orient, Bassam commença à dispenser des cours de langue arabe à des petits groupes de trois ou quatre personnes, trois midis par semaine. Il avait décidé de leur apprendre un arabe populaire, plus que littéraire. Celui des rues, celui des familles et de la vie de tous les jours. Cette expérience lui rappelait les leçons dispensées par Giuseppina, sa grand-mère italienne adoptive. Cette nouvelle activité lui demandait tout de même une certaine préparation, pour structurer les leçons. Il travaillait à la maison ou à la librairie, quand elle était calme, aidé des livres sur place.

En avril, les résultats de concours tombèrent : il n'était pas admis. Le coup fut difficile à encaisser. Il recommencerait l'année suivante. Il avait accompli le plus fastidieux dans sa reprise d'études et ne se découragerait pas si près du but.

Libéré des cours et des obligations de révisions, il travaillait désormais à temps plein aux côtés de Saïd et se plaisait à la librairie. Saïd lui aurait volontiers cédé progressivement son commerce pour glisser doucement vers la retraite, mais Bassam rêvait d'enseigner. Il n'était pas dit qu'il ne continuerait pas à y travailler encore un peu par la suite.

Plus ou moins dans le même temps que l'annonce de l'échec du concours, Bassam reçut une nouvelle libératrice : sa nationalité française. En France, les démarches après mariage avec une Française étaient fastidieuses, astreignant le couple à fournir une quantité rébarbative de documents administratifs, à se présenter à des entretiens divers, ensemble ou séparément, et ensuite, à attendre patiemment la décision du service des naturalisations. Mais par un beau mercredi du mois de juin, un an après leur mariage, il reçut le précieux sésame. Bassam était donc français, à compter de ce jour. Outre le soulagement que la procédure se soit déroulée sans encombre, il avait désormais l'assurance d'être pleinement ancré quelque part.

À Naples, Bassam avait surtout trouvé une terre de refuge, pour fuir, le temps de se reconstruire ailleurs qu'au Liban, ce pays qui, à l'époque, lui avait semblé étranger et hostile. Mais en France, il était venu rejoindre Camille par choix, par envie et par amour. Peut-être, d'ailleurs, aurait-il vécu cette émigration de toute façon, si la vie avait été faite autrement ? Rien ne disait qu'il n'aurait pas quitté Cana al Galil pour aller étudier ailleurs, avec une bourse par exemple. Et peut-être serait-il tombé amoureux d'une Française de la même manière… En comparaison avec son arrivée à Naples, il y avait eu dans l'établissement en France un sentiment de nouveau départ, une page tournée vers une autre vie, choisie et réfléchie. Et cela faisait toute la différence.

Alors, ce jour-là, accoudé au plan de travail en bois de la cuisine, devant sa tasse de café fumante posée sur la pile de courrier du jour, entre factures diverses et publicités commerciales, dans ce moment banal de la vie quotidienne, sa réponse favorable en main, il flottait dans un bonheur enivrant. Il mesurait la longueur du chemin parcouru, et la sensation était vertigineuse. En fait, il retrouvait un peu cet état d'errance familier, celui post examen quand le cours avait été particulièrement difficile à étudier et l'épreuve épineuse. Durant ses études, Bassam avait ressenti plus d'une fois ce soulagement immense, immédiatement suivi d'un sentiment de désœuvrement. Oubliées les heures fastidieuses de travail, les programmes millimétrés de révision, l'anxiété de performance et l'épreuve ; ne restait que l'enivrante liberté.

Orphelin de père, de mère et de patrie, la veille, Bassam n'était plus rien ni personne. Un fantôme de lui-même, sans racines et sans toit. Une ombre tenace, qui refusait de disparaître. Un cœur qui battait insupportablement au sein d'un corps qui se laissait dépérir. Un esprit qui souhaitait ardemment s'éteindre et mourir.

Aujourd'hui, il était debout, épanoui et amoureux de la vie, comme jamais il n'aurait pu croire cela possible. Il était si fier de sa réussite et de son aboutissement personnels. Et surtout, il ressentait la profonde certitude intérieure que ses parents seraient tout aussi fiers de leur fils. Si la vie était autre, il leur aurait téléphoné à Cana al Galil pour leur annoncer sa naturalisation. Comme le jour où il aurait appelé son père pour lui annoncer la remise de ses diplômes, comme le jour où il aurait appelé sa mère pour lui annoncer ses fiançailles avec sa jolie Camille. Plus que jamais, il se sentait proche de ses parents disparus, étroitement lié à eux. Plus que jamais, il comprenait ce que l'on voulait dire par « ils ne disparaissent jamais vraiment… ils continuent à vivre en nous ». En cet instant, il baignait dans un torrent d'émotions et partageait une joie et une fierté infinies avec sa famille. Et plus intimement, il savait qu'il élevait et valorisait aussi le nom de son père. Bassam Al Jallil, français.

À la fin du mois de mai 2020, Camille et Bassam, fin prêts, s'envolèrent direction la côte ouest de l'Amérique du Sud, en Équateur. Ils avaient prévu d'en sillonner les trois régions : la côte Pacifique, la Sierra et l'Amazonie. Ils termineraient par une visite des îles Galapagos, à la découverte de la faune réputée incroyable. Ce voyage leur semblait paradisiaque, et Camille avait toujours rêvé de découvrir l'Amérique latine. En Équateur, les touristes n'étaient pas encore omniprésents.

Dans l'avion, ils étaient euphoriques. Voilà une année qu'ils étaient mariés et leur bonheur était toujours égal. Comme tous les couples, ils avaient des moments de plus creux, mais les causes étaient bien souvent externes à leur relation. La tension que Camille pouvait ressentir au travail, le concours échoué de Bassam, la fatigue accumulée ou encore les tâches parfois ingrates et routinières du quotidien. Mais le lien qui les unissait était solide et fondé sur un amour sincère et véritable. Et la vie était bel et bien rose.

Camille attrapa la main de son mari dans la sienne. « Je t'aime », lui dit-elle simplement. Puis elle déplaça leurs deux mains enlacées jusqu'à son ventre et dégagea la sienne pour que seule celle de Bassam soit contre son corps. Il ne comprit pas tout de suite, et regarda sa grande main bronzée, posée sur le ventre de sa femme. Il passa de l'incrédulité à la stupéfaction, ses yeux s'ouvrirent, ébahis. Camille lui souriait paisiblement.

Les yeux clos, la tête posée sur l'épaule de sa femme profondément endormie sur son siège, ses écouteurs enfoncés dans les oreilles le berçant des musiques de Fairuz, Bassam se mit à songer à la cuisine de sa mère et aux rares fois où il avait pu y trouver son père. Sa mémoire lui rendait le souvenir de vieilles anecdotes qui étirèrent ses lèvres en un sourire nostalgique. Lorsqu'il avait appris sa paternité pour la première fois, le père de Bassam, occupé à couper des tomates sur le plan de travail, s'était tranché le doigt d'un coup net. Pour sa fille aînée Rima, il avait brisé une pile d'assiettes. Enfin, il avait renversé la cruche de citronnade sur la nappe en apprenant l'arrivée de sa cadette Zeina.

À la mi-janvier 2021, Bassam coupa le cordon ombilical qui, pendant neuf mois, avait lié Camille à son premier enfant. La sage-femme enveloppa le bébé, attendit son premier cri et le déposa délicatement sur la poitrine de la toute jeune maman, pâle et épuisée. Les parents souhaitèrent la bienvenue au monde à leur fils, Nabil.

Lorsqu'on lisait son prénom à l'envers, on découvrait le Liban.

Épilogue

Tyr, Sud-Liban, sept ans plus tard

Le son strident retentit d'un coup sec. Il sait qu'il n'a que peu de temps pour fuir. Il se lève et court le plus rapidement possible, courbé en deux pour ne pas dépasser des massifs de fleurs, le long du muret de pierres blanches. Il dispose d'une poignée de secondes seulement pour rejoindre un endroit où il se sera parfaitement dissimulé et à l'abri de son œil de lynx. Son cœur tambourine dans sa poitrine, plus que quelques mètres. Il est totalement exposé, et les derniers pas lui semblent infranchissables. C'est bon ! Il saute à pieds joints et atterrit dans la petite cuvette de terre qu'il a repérée la veille. Elle se situe derrière un immense pot de fleurs en pierre, garni d'un épais bosquet, qui souffre un peu de la chaleur sous le soleil ardent. Il se met en boule pour se faire le plus petit et le plus invisible possible. Il estimait le trou un peu plus grand, de mémoire. En rapprochant ses genoux de son torse et en les maintenant fermement avec ses bras, couché sur le côté, ça devrait aller. Tant pis s'il se salit un peu. Il utilise un bras, qu'il passe à l'extérieur du trou, pour attraper du bout des doigts des branchages desséchés et fermer sa cachette, ou en tout cas pour tenter de la rendre la plus discrète possible.

Un deuxième son perçant retentit. Tout devient calme. À l'exception de son cœur qui bat la chamade. Il pense que cela va le trahir… impossible qu'elle ne l'entende pas ! Il patiente. Avec un peu de chance…

– *Laaaaaytaaaaak* ! Trouvé, trouvé !

Oh non, ce n'est pas vrai ! Elle est redoutable. Du haut de ses cinq ans, Naziha est dix fois plus forte que lui. À croire qu'elle a fouillé le jardin pour le connaître par cœur. Nabil sursaute et pousse un petit couinement aigu et ridicule. Qu'il est agacé ! Il va devoir encore réfléchir longuement à une autre cachette. Il était tellement fier de celle-ci ! Léli, le sifflet du cache-cache autour du cou, annonce solennellement le score qu'elle lit sur le chronomètre : vingt-cinq secondes ! Sa petite sœur l'a encore trouvé en un temps record. Elle court à toutes jambes dans le jardin, contourne trois fois la fontaine centrale, les bras agités dans tous les sens, en braillant sa chanson de la victoire insupportable, et arrive sur la terrasse en poussant des cris de joie.

– Maman, Papa, j'ai encore gagné !

*

Je la regarde, et je me dis qu'elle est terriblement mignonne dans son slip de bain rose à frou-frou, avec ses boucles partout autour de son visage et sa bouille bronzée. Elle a les mêmes yeux bleus très clairs que sa défunte grand-mère paternelle et que ses tantes. Et ce sont mes traits qui animent son visage. En cet instant, son regard brille de malice. Je la vois qui se rue affectueusement sur sa mère et qui enlace son ventre rond et proéminent.

Elle jure à son petit frère, bien au chaud à l'intérieur, qu'il jouera dans son équipe quand il sera grand, et qu'elle lui apprendra à trouver les meilleures cachettes pour que Nabil ne le trouve jamais.

J'aperçois Nabil qui la suit en traînant la patte, vexé comme un pou. Mon petit garçon… Mais sa mère le connaît bien. Je sais qu'elle va intervenir à temps. Mon fils a les deux mains enfoncées dans les poches de son petit bermuda marin et il se mange la lèvre inférieure dans des mouvements incontrôlables. Ses joues frémissent dangereusement et ses yeux noirs sont de plus en plus petits et penauds. Il va pleurer, mais Camille sait éviter cela. Il est si sensible et si fier. Je crois qu'il tient ça de moi.

– Chéri, mon petit cuisinier est-il en forme pour finir le pain ? demande Camille, doucement.

Elle lui attrape la main et lui change les idées d'emblée. Elle l'emmène au fond du jardin, à l'ombre de l'abri en bois. La maison de Tante Rabab est grande et accueillante. À son décès, elle nous l'a léguée, à ses deux fils et à moi. Et, depuis sa disparition, il ne se passe pas un été sans que nous nous y retrouvions, en famille, tous ensemble.

Mon petit Nabil prépare le pain pour tout le monde, dans le *saj*, le four à pain traditionnel libanais. La pâte cuit sur une grosse coupole métallique bombée et qui chauffe au-dessus d'un feu de bois. Il a appris la recette auprès de ses parents : Camille pour une confection précise et chimique de la pâte, et moi, son père, pour le tour de main. C'est un spectacle qu'il adore. Il s'amuse et rit de me voir agrandir la pâte en la faisant tourner et en la secouant de gestes toujours rapides et précis. Lui pense que c'est un jeu. La pâte danse entre mes doigts, de l'art et de la patience, dis-je toujours à mon garçon. Une fois qu'elle est cuite, il s'amuse à plier les pains : un pliage différent pour chaque membre de la famille, façon origami, selon ses envies créatives.

Et ça l'énerve parce que Naziha déplie systématiquement le sien pour en faire un doudou qui traîne partout…

C'est le dernier jour dans la maison de Tyr, et tous profitent de ces derniers moments précieux avant l'été prochain.

Je dois être prêt à assurer la rentrée dans une semaine. Celle de mes deux enfants à l'école, et la mienne à l'université : Bassam Al Jallil, professeur d'arabe littéraire. Je l'aurais eu avec peine, ce concours, après deux échecs décourageants, mais avec le recul, je dois dire que ça en valait la peine.

Camille reprend elle aussi le travail à la pâtisserie, aux aurores, dans sa très chère boutique. Celle-ci n'a guère changé, si ce n'est, désormais, un rayon « gâteaux d'Orient » qui se dresse non loin de celui de la revisite du trimestre. Lorsque Camille a découvert le Liban, un coup de foudre, pâtissier cette fois, a frappé. Elle a ainsi enrichi ses talents et maîtrise désormais les techniques et secrets des baklavas, du *maamoul* aux dattes ou aux pistaches, du *knéfé* et du *mouhalabieh* à la fleur d'oranger.

Cet amour qu'elle nourrit pour mon pays est un grand bonheur.

Camille profite de ses deux derniers mois de travail avant d'entamer son congé maternité. Ce troisième bébé Al Jallil devrait être le dernier. Devrait être… car Camille et moi adorons être parents. Ma femme et mes enfants, Nabil et Naziha, sont ma plus grande fierté, et mon plus bel hommage à ma famille disparue.

Remerciements

Mes premiers remerciements vont à mon père Nasser sans qui ce roman n'existerait pas.

À ma mère Laurence qui m'a transmis le goût des mots.

À ma petite sœur Camille première illustratrice de mes histoires.

À Pauline mon amie d'enfance et aux Brouche ma seconde famille.

À Maxime pour son soutien inconditionnel sur le chemin de la vie.

À Claire pour sa fidélité au poste de l'amitié depuis dix-neuf ans, y compris dans le travail de ce roman, pour cette superbe couverture et pour nos collaborations en général.

À Bélinda Béatrice Ibrahim, auteure, éditrice et journaliste, pour son temps précieux, son regard bienveillant et son aide dans ce beau voyage littéraire.

Un remerciement spécial s'adresse à Omar Abodib et ses belles équipes du Cèdre Hospitality, établissements hôteliers ancrés en Normandie.

Merci pour votre accueil chaleureux au sein des aventures Ensemble pour Beyrouth, 2020 et Mon cœur est au Liban, 2022. Je suis fière d'œuvrer à vos côtés dans le fonds de dotation Le Cèdre Solidarity. lecedre-solidarity.com
Que notre chemin soit long !

Je n'oublie certainement pas le soutien et la confiance de mes précieux amis tout au long de ce parcours, et sans qui je n'aurais sans doute pas partagé ce premier roman.

Enfin, je remercie mon éditrice Anne pour son œil expert, sa bienveillance et pour avoir permis à ce texte d'être la meilleure version de lui-même.

Dépôt légal : juillet 2023

Édition:
Les mots du Liban
Juliette Elamine
Instagram @lesmotsduliban
Facebook Page: Les mots du Liban

Illustration:
Dove Perspicacius
doveperspicacius.com

Printed in Great Britain
by Amazon